Dados Internacionais de Catalogação na Publicação (CIP)
(Câmara Brasileira do Livro, SP, Brasil)

Castelano, Priscila
   Amigos por acidente / Priscila Castelano. --
Cataguases, MG : Ed. da Autora, 2024.

   ISBN 978-65-00-77462-7

   1. Ficção juvenil I. Título.

24-192043   CDD-028.5

Índices para catálogo sistemático:

1. Ficção : Literatura juvenil   028.5

Aline Graziele Benitez - Bibliotecária - CRB-1/3129

Revisão e preparação do texto: Priscila Castelano.
Revisão ortográfica e gramatical: Priscila Castelano e Priscila Eleutério
Betagem: Lana Cristina Silveira Silva, Rita Liziet, Késsia Kassab, Juliana P. Machado, Adriana Pimenta.
Diagramação Priscila Castelano
Capa: Priscila Castelano e Reinan
Conto Infanto-juvenil.
Classificação +14.

Priscila Castelano

Sumário

Eis ela!

Eis ela no seu lugar de direito
Eis ela com seu coração e sua alma
Transformar novos corações
Despertar esperanças há muito adormecidas

Eis ela!
Olhar doce, pulso firme
Deus a conduzindo
O Espírito Santo a usando para o bem e o bom

Sempre!

Rita Liziet – autora de PALAVRAS QUE LEMBRAM

TALITA

Estava entediada.

Sozinha em meu quarto, no breu, sem luz elétrica, que caiu na rua inteira, aliás, acho até que foi no bairro todo. Queria terminar meu exercício de fixação mais cedo e ficar livre para *maratonar* minha série preferida, mas..., meus planos foram frustrados. Nem exercício, nem série, nem nada.

Sentei no chão do quarto e me encostei na cama. Não queria ficar ociosa para não pensar em Marcos, pois isso era algo que me frustrava ainda mais ultimamente. O menino mais lindo e ao mesmo tempo mais idiota da minha turma, por quem nutria uma paixonite há um tempo, mal me notava.

Peguei o celular para ver se, ao menos, os dados móveis estavam funcionando.

— Ah, que bom! — Pelo menos tinha internet para usar o WhatsApp.

Abri o contato da Tininha, minha melhor amiga, e escrevi rápido:

Eu:
"Tô sem energia elétrica em casa,

sem nada pra fazer.
O *q vc* tá fazendo?"

Enquanto esperava a resposta, troquei mensagens com minha tia Nívia. Ela é a irmã mais nova da minha mãe, e adoro o fato de termos quase a mesma idade. Tinha mandado foto do Marcos mais cedo, e ela enviou vários emojis de coração.

Nivinha:
"Que gatinho, qual o nome dele?"

Eu:
"Marcos" — respondi.

Nivinha:
"E ele sabe que gosta dele?"

Eu:
"Claro que ñ!"

Deixei o celular ao lado, fui até a cômoda e peguei minha lanterninha-chaveiro. Ela sempre me salva nesses momentos.

Quando verifiquei o celular, vi que Tininha havia visualizado, mas não tinha respondido minha mensagem. Devia estar ocupada, pois ela sempre responde super-rápido.

Nivinha:
"Vou sair, meu bem, o meu boy chegou, bjs."

Minha tia Nívia arrumava um namorado novo por semana, e a esse último, eu nem cheguei a ser apresentada.

Eu:

"Bom passeio" — respondi.

Verifiquei outros aplicativos, me limitei nas fotos, pois os vídeos estavam travando. Meus dados móveis são péssimos. E, quando voltei ao contato da Tininha, ainda não havia respondido. Então, insisti.

Eu:
"Ei, fala comigo
tô no escuro
à luz de velas, sem nada pra fazer
Preciso de ajuda pra passar o tempo."

Novamente, a mensagem foi visualizada, mas dessa vez apareceu a palavra *digitando*, e esperei. Como a espera estava sendo longa e desconfiei de que Tininha estaria reescrevendo a Bíblia, decidi ir até a cozinha buscar algo para comer. Deixei o celular sobre a cama e levei só a lanterna.

Meus pais estavam dentro do quarto. Passei direto e parei diante da próxima porta. Não entrei, apenas dei uma travada no lugar e toquei a maçaneta. Lembrei de que sempre que acabava a energia, era para cá que eu corria.

Fazia um tempo que eu ignorava aqueles pensamentos e angústias que ameaçavam arrancar minha paz, como naquele momento, em que uma lágrima escapou do meu olho.

Sacudi a cabeça como se isso me ajudasse a espantar a tristeza, e atravessei a sala, iluminando o caminho com a lanterna que segurava. Deixei a lanterna sobre a mesa, estrategicamente iluminando a cozinha, é um chaveirinho, mas funciona muito bem. Vasculhei o armário em busca de um pacote de biscoito e quando voltei para o quarto, peguei o celular, contando que ela tinha respondido.

Tininha:

"Desculpe, quem é vc?" — Nada de textão, era tudo o que dizia a mensagem no meu celular.

E...

— Oi?! — escapou da minha boca como se ela pudesse me ouvir. Atônita, decidi enviar um áudio, torcendo para que a internet ajudasse. — Tininha, você tá louca? Para de bobeira. É sério, tô no escuro, sem nada pra fazer, nem televisão posso ver, porque o mundo aqui em casa se move em fibra óptica.

Enviei e aguardei.

Após os dois check ins azuis eu sabia que ela tinha visualizado e, logo em seguida, apareceu a mensagem "gravando".

Comecei a abrir o pacote do coockie. Sou viciada nesses biscoitinhos com gotas de chocolate. E quando o áudio chegou, apertei o play, roendo o primeiro biscoito. Para minha surpresa, a voz era masculina.

— *Oi, então...* — ele riu, uma risada tímida e divertida ao mesmo tempo — *não sou a Tininha, e não sei quem é você, também não sei quem é a Tininha. Deve ter havido algum engano. Acho que enviou mensagem pra pessoa errada.*

Caramba! Sequestraram a Tininha!

Foi a primeira ideia que se passou na minha cabeça, e passei a andar pelo quarto sentindo um calor intenso me consumir no mesmo instante. Precisava falar com meus pais, ligar para a polícia, para os pais da Tininha, corpo de bombeiros, FBI, fazer alguma coisa.

Então decidi olhar a foto do perfil, e arregalei os olhos ao notar que não era Tininha, mas um rapaz que aparentava uns dezessete ou dezoito anos.

— Hum! — Não consegui evitar o sorriso, ele era bonitinho.

Não, ele era muito bonito!

Mas logo minha preocupação sobrepujou aquele lapso, e me questionei sobre o que estava acontecendo.

Quais são as possibilidades de terem hackeado o celular dela? Ou clonado? Ou essas duas coisas, são as mesmas coisas? Mas quem ia querer clonar o celular de uma garota do ensino médio, que não tem dinheiro nem para colocar crédito?

Outra gravação chegou, eu tremia, e ainda não sabia o que fazer, mas apertei o play.

— *É uma pena que esteja sem nada para fazer, eu também estou assim, chateado. Se acaso quiser conversar...*

Que voz lindinha! Lindinha, não, a voz dele é... muito linda! Parecia já ter feito a transição daquela voz de adolescente para a voz sexy de um homem adulto. Ai, meu Deus! Estava falando com um homem adulto! Eu não conseguia surtar totalmente, porque aquela voz realmente me chamou a atenção. Era um tanto rouca e, como descreveriam minhas autoras de romances preferidas, com um toque aveludado delicioso. E parecia tão gentil!

Fiquei sentada por um longo tempo olhando o aparelho em minha mão, pensando se deveria continuar aquela conversa ou não, acabei gravando um áudio.

Pigarreei.

— Oi, como você conseguiu esse número? Até ontem, era da minha amiga... Tenho certeza de que é esse o número certo, porque somos amigas há muito tempo.

A resposta não demorou, e, também veio em áudio.

— *Comprei esse chip há uns quatro dias, mas só hoje cadastrei o WhatsApp.*

Que estranho! Como assim, venderam o número da Tininha?

Decidi ligar para o irmão dela. Mas Tiago atendeu envolvido por um turbilhão de vozes e música em volta dele. Precisei gritar para que me ouvisse.

— Você está com a Tininha?

— *Não. Estou em um barzinho com meus amigos.*

— Acho que bloquearam o número dela.

— *O quê?*

— Acho que bloquearam o número dela.

— *Não estou entendendo.*

Que saco!

Desliguei o celular irritada, não ficaria gritando. Se continuasse assim, meu pai apareceria para saber se eu estava bem. Se a casa tinha sido invadida. Enfim.

Outra gravação me aguardava, e apertei o play.

— *Talvez ela tenha deixado de colocar crédito. Você sabia que as operadoras bloqueiam o número e depois vendem. Pode ser isso o que aconteceu com sua amiga.*

Fazia sentido... e após alguns segundos de reflexão respondi.

— Tentei falar com o irmão dela, mas não estão juntos, então não tenho como saber. Você pode ter razão, mas só vou ter certeza amanhã quando encontrar com ela no colégio.

Depois de um tempo, eu terminava de roer o terceiro biscoito ao mesmo tempo que roía as minhas unhas e cutículas, chegou mais um áudio.

— *E será que eu sirvo para papear?*

Não era uma má ideia. Mas logo senti um certo receio. Eu nem sabia quem era esse cara. E se fosse um hacker que invadiu o celular da minha amiga, para roubar os contatos, dos contatos dela?

Deixei o celular de lado e me sentei na cama, cruzando as pernas em borboleta. Fiquei dedilhando minha bochecha, enquanto pensava se deveria bloquear aquele contato, e por pouco não o fiz. Alguma coisa não me deixou ignorar aquela voz. Talvez a curiosidade que me corroía. Demorei alguns minutos para responder.

— Para ser sincera, não sei se devo falar com um estranho.

Ajeitei o travesseiro e me deitei. Depois de aconchegada, começamos uma troca constante de áudios.

— *Bem, é só não me falar nada pessoal demais. E, se isso ajuda, meu nome é Nickolas, mas pode me chamar de Nick, tenho dezessete anos, moro com a minha mãe, e gosto de ler, ouvir música e assistir filmes e seriados.*

Sorri, ele me ganhou com *gosto de ler,* mas quantas coisas em comum!

— Eu também gosto de fazer tudo isso. Amo ler, tenho uma estante cheia de livros. Mas também gosto de jogar vôlei e andar de patins.

— *Você não disse seu nome. Acho que não tem perigo dizer o primeiro nome, não é?*

— Ah, sim, verdade. Meu nome é Talita, mas pode me chamar de Tatá. E tenho dezesseis anos.

— *Prazer, Tatá.*

Sorri involuntariamente, juro, meu rosto se abriu sem que eu tivesse controle.

— O prazer é meu, Nick.

— *Então, me conta que tipo de livros e filmes você gosta.*

Eu adoro falar sobre isso, fiquei feliz, pois essa seria uma longa conversa. Mas, antes, precisava esclarecer uma questão importante.

— Precisamos de regras.

No próximo áudio, ouvi sua risada do outro lado e constatei que gostava daquele som.

— *Tudo bem, quais regras?*

— Nada de encontros. Não insista pra me ver pessoalmente. — Se fosse alguém mal-intencionado, desistiria.

— *Tudo bem, essa é uma boa regra. Mais alguma?*

O fato de nem tentar argumentar, me intrigou. Se ele fosse uma má pessoa, com intenções de me atrair para alguma armadilha, não aceitaria tão prontamente. Aceitaria? Vemos muitas coisas na mídia. Eu precisava tomar muito cuidado.

— Baseado na primeira regra, não deve nem pensar em rastrear o meu contato.

— *Como faz isso?*

— Não sei. — Ri, e o próximo áudio dele também chegou com aquele delicioso som de sua risada antes de confirmar.

— *Fechado.*

— Você tem alguma regra?

— *Sim, só uma.*

— E qual é?

— *Se formos manter essa amizade virtual, deve contar a seus pais a meu respeito. Deve dizer que me conheceu na internet e me apresentar a eles.*

Por alguns segundos, paralisei. Meu pai surtaria se soubesse que comecei uma conversa aleatória com um estranho desse jeito. Mas, por outro lado, era legal que Nickolas sugerisse isso. Seria uma estratégia? Psicopatas virtuais são muito espertos. E meu cérebro de leitora com a imaginação fértil, girava como louco.

— Tudo bem. Se acaso formos manter essa amizade virtual, eu conto aos meus pais.

— *Fechado. Agora me fala, quais filmes e livros você mais gosta?*

TALITA

Assim que cheguei na esquina da escola, avistei Tininha conversando com alguns colegas da turma. Antes que me aproximasse ela me viu e caminhou na minha direção com um amplo sorriso.

— Bom dia. — Nosso cumprimento era um toque de cotovelos, que começamos na quarentena e mantivemos assim. — Meu irmão disse que ligou pra ele. Meu celular deu pau.

— O que aconteceu? — Caminhamos lado a lado na direção do portão.

— Não coloquei crédito, meu pai não me dá grana já faz um tempo. Então bloquearam, e agora, o WhatsApp saiu do ar.

— Conversei com o novo dono do seu número.

— Sério? — Tininha arregalou os grandes olhos em minha direção. — E quem é?

— Um carinha bem legal, conversamos por um tempão.

— Ele podia devolver meu número, né?

— Tenta, não custa tentar. — Dei de ombros.

A primeira pessoa que vi ao entrar na sala, foi Marcos. Ele chamava a atenção, além de ser bonito e o mais alto de todos os garotos da minha turma, era extrovertido e gesticulava muito ao falar.

Estava sentado na última mesa da fileira perto da janela, e sorria, conversando com Vanessa. Todo mundo sabia que ele pagava um pau para a garota mais linda do colégio, e ela também sabia, mas ficava fazendo charme. Enquanto isso, eu chupava meu dedo, esperando um milagre acontecer, e Marcos notar minha existência.

Sei que o aparelho no meu dente não ajudava, mas não custava sonhar.

A manhã se arrastou, não podia verificar o celular em sala de aula, se o fizesse, o professor o arrancaria de mim e só me devolveria quando meus pais fossem ao colégio. Regras rígidas.

Então, me peguei pensando se Nickolas havia enviado mensagens. Dormi esperando uma resposta dele, mas ao amanhecer e ver que não havia respondido, acreditei que tivesse dormido antes de mim.

Pensar em nossa conversa me fez sorrir. Nickolas era divertido e inteligente. Leu alguns trechos de livros que gosta, e contou um filme inteiro que, provavelmente, eu jamais teria assistido. Detesto filmes cult. O engraçado, é que adorei ouvi-lo contar, e até fiquei interessada no final.

Logo que o último sinal tocou, e todos começaram a guardar seus materiais, a primeira coisa que fiz, foi verificar minhas mensagens.

Nick:

"— Bom dia
acho que dormi
me desculpe."

Sorri.

— Vamos? — Tininha estava parada atrás de mim, com sua mochila pendurada no ombro, e assenti, jogando o celular dentro da minha bolsa, juntando meus livros e cadernos nos braços.

Só quando chegávamos perto do portão de saída, é que notei algo diferente naquele dia. Eu nem vi quando Marcos saiu da sala.

— Nunca assisti — falei.

Os sons de indignação que Nickolas emitia do outro lado da linha, me faziam rir. E, por fim, ele falou com um tom de surpresa na voz.

— *Não acredito! Você não tem noção do que tá perdendo. É uma série muito boa. A produção é o máximo.*

— Nunca tive vontade. E não é indicada para maiores de dezoito anos? — Virei na cama, com a barriga sobre o colchão e me apoiei nos cotovelos ouvindo ele estalar a língua. Eu usava os fones de ouvido, e era a nossa primeira chamada de áudio via Whatsapp.

— *Ok, nunca teve vontade, entendo. Mas... por favor, assista, você vai gostar. Temos que conversar sobre essa série.*

— Tudo bem. Mas você fala como se fosse caso de vida ou morte.

— *Praticamente.*

E rimos juntos.

Uma batida na porta me sobressaltou, e logo minha mãe a abriu, enfiando a cabeça na fresta.

— Tatá, vem comer.

— Que horas são? — perguntei surpresa.

Geralmente, faço o dever de casa depois do almoço, e minha mãe me chama para o lanche da tarde às quinze horas. Tomei um susto, pois nem senti a hora passar. E, ignorando minha pergunta, passou o olhar pelo quarto, notando os livros abertos sobre a minha mesa de estudo, a mochila jogada no chão, o tênis virado no meio do quarto, e cruzou os braços.

— O que está fazendo, que não arrumou seu quarto ainda?

— Ah, eu... é... estava... — Ergui o aparelho e mostrei os fones. — Estou falando com a Tininha, já vou arrumar tudo.

— Fez seu dever de casa? — perguntou com seu olhar de esguelha, e, por meio segundo pensei em mentir, mas acabei dizendo a verdade.

— Ainda não, mas já vou fazer, prometo. Tem pouca coisa pra hoje.

— Então desligue esse celular, vem comer, e termine suas tarefas, Talita. — Fechou a porta, visivelmente irritada, e suspirei.

A voz de Nickolas do outro lado foi baixa e hesitante.

— *Não contou a eles sobre mim?*

— Eu... — Estava distraída olhando a bagunça em volta e me voltei à conversa. — O combinado é que eu contaria se continuássemos essa amizade, mas dois dias não pode ser considerado uma amizade, pode?

Após alguns segundos de silêncio, respondeu baixinho.

— *É. Não pode.*

— Então, se ainda estivermos trocando mensagens daqui há uma semana, eu conto. Combinado? — Levantei e comecei a juntar o par de tênis para guardar na sapateira.

— Combinado. Eu preciso desligar agora, falamos mais tarde.

Estranhei, pois disse, há poucos minutos, que não tinha nada para fazer àquela hora. Seria impressão minha, ou ficou chateado?

— Tudo bem. Até mais tarde.

— *Vê se termina suas tarefas.*

— Tá legal. — Respondi rindo, e desliguei.

Tirei os fones, dei uma ajeitada no quarto e encontrei minha mãe na cozinha mexendo na geladeira. A mesa estava posta, havia pães, um bolo de fubá, café, leite e um pedaço de queijo. Tomei meu lugar e comecei a me servir, pensando se deveria comentar sobre Nickolas com ela, ou se realmente era melhor esperar passar mais alguns dias.

Era um assunto simples, do qual eu não entendia a razão de estar tratando como se fosse a decisão do século. Papo para o salão oval da Casa Branca nos Estados Unidos. Eu hein!

Também não entendi o motivo para ele fazer questão de que eu contasse aos meus pais, mas desconfiei que fosse para me passar segurança de que não era uma má pessoa, nem tinha segundas intenções com nossa troca de mensagens.

Pensando nisso, acabei me distraindo. Era estranho que eu ficasse imaginando como Nickolas seria. Não fisicamente, mas em seu dia a dia. Como era sua casa, seu quarto, seus amigos. Tinha falado com ele na noite anterior pela primeira vez, mas o interesse repentino e curioso sobre sua vida ocupava grande parte dos meus pensamentos.

— Ouviu? — Minha mãe estava sentada ao meu lado, segurando uma faca e um pão.

— Não, o quê?

Deixando os ombros caírem, perguntou preocupada.

— O que você tem, menina? Parece que estava no mundo da lua.

E eu estava, pensei tentando não abrir tanto o sorriso.

— Mãe, você sabia que se não colocar crédito no celular por muitos meses, a operadora vende seu número?

— Não no meu caso, meu plano é pós-pago, e vem uma fatura pra eu pagar todo mês. Se eu não pagar, meu nome vai é para o Serasa. — Respondeu, partindo seu pão e rindo.

Assenti pegando o copo de vidro no qual gostava de tomar meu café com leite.

— A Tininha não colocou crédito no dela, e venderam seu número pra outra pessoa.

— Sério? Coitada!

— Sim.

— E o que ela fez?

— Comprou outro chip. — Olhei da caixa de leite para seu rosto, pensando se deveria começar aquele assunto. Eu sabia que não devia conversar com estranhos, mas Nickolas não era estranho, tinha apenas dezessete anos, e era um cara legal.

Talvez meus pais não fossem gostar da situação, e fosse melhor eu dizer ao Nickolas que falei sobre ele. Como ele saberia se isso era ou não verdade?

Ainda indecisa, quando abri a boca para começar a relatar como conheci o novo dono do número de Tininha, dona Fátima gritou do portão e minha mãe saltou da cadeira para atendê-la.

A vizinha sempre aparece com novidades quentinhas sobre alguém da vizinhança na hora do café da tarde. Muito conveniente. E, ironicamente falando, minha mãe "nem gosta" de uma fofoca.

Quando voltei ao quarto, enviei mensagem para o Nick.

Eu:

"Vc é bom em história?

Topa estudar pra prova comigo?"

Não demorou muito para que meu celular vibrasse. Mas dessa vez eu estagnei, olhando a tela, de pé no meio do quarto. Era uma chamada de vídeo.

Não sei por qual razão meu estômago gelou e o coração palpitou diferente no peito. E, após respirar fundo umas vinte vezes como se fosse saltar no mar aberto, aceitei a chamada.

— *Oi, Tatá.*

Uau! Na foto ele era lindo, no vídeo, Nick era maravilhoso.

TALITA

Uma semana depois, eu tinha trocado mais mensagens com Nickolas do que troquei com Tininha em cinco anos de amizade.

Que exagero!

Mas era quase verdade.

Eu ansiava pelo momento em que, depois de chegar da escola e almoçar, sentaria em minha cama com as tarefas feitas, totalmente livre para podermos conversar tranquilamente. Não que as mensagens durante as atividades deixassem de acontecer, mas era bem melhor sentadinha, com a atenção voltada para ele. Nickolas tinha um excelente senso de humor, e o que eu mais gostava, era do som de sua risada. Isso me instigava a falar bobagens o tempo todo, só para obrigá-lo a rir.

Naquele sábado à tarde, conversávamos sobre música, ele confessou que gostava de funk paulista, mas ouvia um pouco de tudo. Quanto a mim, um pouco tímida, contei que, para mim, qualquer coisa romântica valia. E a gargalhada dele era algo que eu podia ficar horas assistindo. Aliás, talvez fossem os hormônios, mas a risada dele me parecia bem romântica.

Ele colocou o aparelho em algum suporte, e entrelaçou os dedos atrás da cabeça. Por alguns instantes, devo ter me desligado de sua voz ao reparar seus traços. Nickolas tinha o maxilar bem definido. Havia uma pequena insinuação de covinha em seu queixo, o que achei um charme. O cabelo liso, caía nos olhos com frequência, e o gesto para afastá-lo, o deixava muito atraente. Seus olhos tinham um castanho claro, quase cor de mel, um tom tão claro e brilhoso, que mesmo pela imagem turva da internet, eu podia notar. E os lábios, bem desenhados, curvavam-se fácil em sorrisos sinceros e espontâneos.

Mas eu não estava apaixonada, claro que não. Eu gostava do Marcos, e Nick era apenas um amigo virtual, com quem eu jamais teria contato pessoalmente.

Eu precisava me lembrar disso o tempo inteiro.

De repente a porta atrás dele se abriu e nós dois tomamos um susto.

— *Mãe, custa bater?* — Nickolas perguntou chateado, virando a cabeça para a mulher que invadia o quarto com um olhar receoso, mesmo assim não retrocedeu.

Ela ficou curiosa a meu respeito, pois se inclinou para ver a tela do celular, e achei graça quando acenou com um sorriso admirado de quem está surpresa por encontrar seu filho falando com uma garota.

— *Olá, tudo bem?*

No primeiro momento, não sei a razão, escondi o rosto, morrendo de vergonha, mas olhei entre os dedos e respondi com o fio de voz que consegui.

— Oi.

E, voltando-se para o filho, perguntou com aquele tonzinho de surpresa na voz.

— *Quem é ela, filho?!*

— *Uma amiga, mãe. Será que pode me dar licença?* — Nickolas parecia constrangido, e sua voz misturava a irritação com respeito e educação.

Ainda assim, sua mãe o ignorou e se aproximou um pouco mais da tela. Eu estava sentindo a ardência na bochecha, e tenho certeza de que estava vermelha, mas acenei de volta, sem conseguir desfazer o sorriso gravado no meu rosto.

— Oi, tudo bem? — Consegui pronunciar melhor após um pigarro. Eu devia estar parecendo uma boba.

— *Tudo bem.* — Sorriu para mim, e olhou para o filho em seguida. — *Que linda! Qual o nome dela?*

Nickolas revirou os olhos e bufou.

— *Pergunta pra ela, mãe. Ela pode te ouvir, sabia?* — Depois, ao olhar para mim e me pegar rindo, Nickolas também riu. Muito fofo, ele parecia constrangido com a presença dela, assim como eu, mas não havia nenhum motivo, pois não estávamos fazendo nada demais. Percebendo que não tinha saída, nos apresentou. — *Talita, essa é minha mãe, Ângela.*

— Oi, dona Ângela, é um prazer te conhecer.

— *Ah, que fofa, o prazer é meu. E, de onde vocês se conhecem?*

— *Longa história, mãe.*

— Seu filho roubou o número do celular da minha amiga. — Falei, me sentando encostada na cabeceira da cama.

E diante do olhar assustado da mãe, Nickolas abanou a mão diante dela, se explicando.

— *Ei, não é bem assim. Lembra o chip novo que comprou pra mim?*

A mãe assentiu.

— *Sim, o que tem?*

— *Ele pertenceu à amiga da Talita.*

— *Ah, sim, que estranho!* — Dona Ângela continuava a exibir um sorriso para mim. Parecia aquelas pessoas de filmes pré-históricos que viajam para o futuro e veem uma tela de televisão pela primeira vez. Nickolas passou a mão no rosto dela.

— *Mãe, ei, mãe, olha pra mim.* — E quando sua mãe se virou para olhá-lo, acrescentou. — *Será que agora pode nos deixar conversar?*

— *Ah sim, claro... um beijo, Talita.*

— *Não precisa gritar, mãe.*

— Foi um prazer te conhecer, dona Ângela. Um beijo.

Ângela riu. Parecia uma mulher extremamente simpática. Massageou o pescoço do filho, beijou sua bochecha carinhosamente, algo que o deixou ainda mais constrangido, e depois acenou, antes de fechar a porta ao sair.

Nickolas suspirou profundamente, e parecia aliviado, demorou um tempo para olhar para a tela, e eu ainda ria.

— *Desculpa por isso.*

— Adorei sua mãe, ela parece uma fofa!

— *Sim, ela é.* — Sua fisionomia estava triste, e isso me atingiu como uma lufada de vapor, queimando meu peito. Não entendi o motivo da mudança repentina em seu humor, mas olhou para mim constrangido, e forçou um sorriso. — *Agora você vai ter que me apresentar a seus pais.*

Isso era verdade.

— Vou combinar uma chamada de vídeo com eles, o que acha? — brinquei, esperando que ele fosse recusar a sugestão, mas, para minha surpresa, Nickolas gostou da ideia.

— *Isso, marque o horário, que eu te ligo. Seu pai é bravo?*

— Está falando sério? — Admirei por não tentar se esquivar. Por outro lado, não se tratava de um pedido de namoro, era apenas um amigo conhecendo meus pais. Simples assim.

— *Claro, por que não estaria?*

Curiosa, perguntei me levantando da cama.

— Por que faz tanta questão de falar com meus pais?

Nickolas abaixou a cabeça, parecia buscar uma resposta, como se não tivesse uma. Mas quando ergueu os olhos para mim, vi que, na verdade, estava hesitando.

— *Somos amigos, e eu sei que não vai sumir sem me dar notícias. Mas se algo acontecer a você, quero ter alguém com quem buscar informações a seu respeito. Não gosto de ficar preocupado com meus amigos, sem saber o que aconteceu com eles.*

Não acho que pensaria em tomar esse tipo de cuidado à toa. Parecia ter vivido algo assim no passado.

— Já aconteceu isso com você? — parei a caminho da porta. Eu estava quase urinando na roupa. Não entraria com o celular no banheiro, mas queria saber a resposta.

Nickolas assentiu.

— *Alguns amigos sumiram e...* — Achei que continuaria a dizer algo, mas se calou e abaixou a cabeça novamente.

Que estranho!

Estava apertada demais, então prendi o celular no suporte do Ring light.

— Vou ao banheiro e já volto.

— *Preciso desligar. Tenho umas coisas pra resolver.* — Nickolas movia o aparelho, e eu não conseguia ver seu rosto.

Curiosamente fiquei triste, pois queria continuar conversando.

— Tudo bem, depois a gente conversa mais.

Ele desligou, e fiquei parada no meio do quarto, com aquele ponto de interrogação enorme na cabeça. Caminhei até o banheiro pensando nisso.

Apenas uma semana de conversa e sentia como se o conhecesse há anos. Era uma excelente companhia. Quando conversávamos, o tempo passava sem que eu notasse.

Não sei denominar aquilo que revolvia em meu peito, mas em poucos dias Nickolas se tornou uma das minhas pessoas preferidas. Conversamos todos os dias, e mesmo que as conversas se resumissem a nossos hobbies, o sentia próximo.

No sábado à tarde, meu pai estava lavando o carro e me aproximei, ainda em dúvida sobre como abordar o assunto. Temia que ele me proibisse de usar o celular. Seria pior ainda se decidisse conectar meu número em seu notebook e monitorar minhas conversas. Mas prometi ao Nickolas e cumpriria.

Assim que me viu aproximar, meu pai ergueu a cabeça, sem parar de esfregar a esponja na roda traseira.

— Oi? — Com certeza, desconfiou de que eu queria algo. Jamais me aproximaria enquanto lavava o carro, atoa. Quem quer correr o risco de ter que ajudar?

— Pai, depois que o senhor terminar, podemos conversar?

Assentiu olhando para mim e voltou-se para a roda, esfregando os vãos mais difíceis com atenção.

— Aconteceu alguma coisa?

— Não, nada demais.

— Tudo bem, assim que acabar, eu te aviso.

— Obrigada.

Minha mãe é muito tranquila, então eu sabia que precisava ir direto ao ponto. Se meu pai entendesse que, o fato de eu contar que conversava com alguém que conheci pela internet, de forma acidental, era sinal de que podia confiar em mim, e se compreendesse que Nickolas exigir isso, também era digno de confiança, estaria tudo bem.

Ansiosa, decidi limpar os móveis do meu quarto para me distrair. Como Nick, não tinha voltado a tocar no assunto sobre conversar com meus pais, achei melhor deixar para ligar e contar, se tudo corresse bem.

E outra coisa me intrigava: Por que isso tinha tanta importância para mim? Meu peito parecia pequeno para conter um coração tão agitado. Nickolas era apenas um garoto legal, como todos os garotos legais do colégio. Se meus pais proibissem, minha vida continuaria normal, certo?

Não! Eu acordava, e a primeira coisa que vinha na minha cabeça era a última conversa que tive com ele. Nickolas estava se tornando parte dos meus dias. Será que era por eu ser uma adolescente idiota de dezesseis anos? Sentei na cama e girei o pano com que limpava os móveis. Temia estar apaixonada, ou confundindo o fato de um cara ser legal comigo.

Sim, estava preocupada de verdade.

— Talita, acabei! — Quando meu pai gritou, quase desmaiei.

TALITA

Encontrei meu pai carregando um balde, o pano e a esponja para a lavanderia. No meio da sala, ele parou por um instante e me olhou preocupado.

— Está me deixando assustado, Talita. O que houve? — Retomou os passos para os fundos da casa, e o segui ouvindo-o cogitar. — Não se trata das notas do seu boletim, né? Por favor, não me diga que vai ficar de recuperação.

A boa notícia, é que minhas notas estavam ótimas, e eu torcia para que isso o deixasse feliz a ponto de não ver em minha amizade com Nickolas, um bicho de sete cabeças.

— Minhas notas estão ótimas, pai. — Sorri para minha mãe, que tentava trocar a pilha do relógio da cozinha, e o socava na pia. Dez a zero para o relógio. Acabei tirando de sua mão, antes que o quebrasse. — Deixa eu fazer isso?

— Então, sobre o que você quer conversar, que te deixou com essa cara de quem cometeu um delito grave? — Da lavanderia, meu pai falava alto para que eu ouvisse da cozinha, e minha mãe me olhou com a testa franzida.

— Do que ele está falando?

Consegui arrancar a pilha antiga e estendi a mão, pedindo a nova. Depois de colocá-la sobre minha palma aberta, minha mãe cruzou os braços diante do peito, reforçando com a arqueada de sobrancelha que esperava minha resposta. E, antes que eu começasse a falar, meu pai parou diante de mim.

Meus pais tinham motivo para serem superprotetores. E acho que meu maior medo era de que descontassem seus temores em mim. Enfrentaram dores que nenhum pai ou mãe deveria enfrentar, e sei que ainda sofriam, mesmo que o assunto fosse algo evitado por todos nós. Olhei de um para outro e comecei, ainda sem ter a certeza de por onde começar.

— Bem... a... Tininha... — Contei tudo, desde o princípio, e não me interromperam. Minha mãe puxou uma cadeira para se sentar e meu pai continuou de pé feito uma estátua, até eu concluir. — E ele quer conhecer vocês.

Após um longo e demorado silêncio, os dois se entreolharam e voltaram a me encarar. Foi minha mãe quem quebrou aquele silêncio perturbador.

— Ele quer te namorar?

O riso exagerado escapou por meus lábios. Falar sobre namoro não era estranho para mim, mas o que se passou pelo meu estômago, aquele friozinho, ao pensar na palavra namoro, ligada à pessoa do Nickolas, é que me pareceu... difícil de lidar.

— Não, não, não... não.

— E o que ele quer comigo e sua mãe? Não entendi. — Meu pai tinha aquele olhar de quem ainda está processando a informação.

— Ele só quer conhecer os pais da nova amiga dele. — Estiquei a mão. — Conheci a mãe dele ontem, e ela é super gente boa.

— Conheceu como?

— Por chamada de vídeo.

— Ah, Talita... — Minha mãe não estava gostando da ideia. E eu não esperava essa reação dela, mas do meu pai.

— Mãe, é simples. — E repeti a história de forma resumida. — Eu pensei que estava mandando mensagem pra Tininha, mas o número não era mais dela, e o rapaz que me respondeu, é muito legal, e começamos a conversar, só isso. — Ergui os ombros e meu pai deu um passo à frente.

— E... sobre o que vocês tanto conversam?

Olhei para ele e o encarei por alguns segundos, pensando: Oi? Aí, está querendo demais, né, papai?

— Pai, falamos sobre filmes, livros... ele ama ler.

Os dois se entreolharam novamente e minha mãe riu.

— Então devem ter assunto para muitos anos.

Não pude evitar o riso. Ler também é um dos meus passatempos favoritos, e meus pais sabem muito bem, pois são eles que enchem a estante da sala, onde guardo minhas coleções.

—Exatamente, falamos por longos minutos, às vezes lemos juntos, estudamos, e o assunto não esgota. Ele é muito bonzinho, mãe. Vocês vão gostar dele.

—Eu só não quero você saindo para encontrar este rapaz escondido de nós.

— Temos um trato. Nossa amizade é só virtual, não vamos nos encontrar pessoalmente.

Meu pai, que caminhava na direção da sala, parou no meio do caminho e girou a cabeça até me encarar.

— É sério isso?

— Sim.

Assentiu e olhou para minha mãe. Os dois tinham uma troca de olhares sinistra. Devem ter trocado informações em segundos, sem precisarem abrir a boca. Minha mãe assentiu e apontou o celular na minha mão.

— Liga pra esse rapaz, vamos conversar com ele.

Foi muito difícil conter o sorriso que meu maxilar queria exibir, mas tive que ser forte, pois não podia transparecer o quanto estava feliz com aquele resultado. Tinha a impressão de que, se percebessem o quanto eu estava satisfeita... satisfeita não, eufórica, ficariam preocupados.

Puxei uma cadeira na lateral da mesa, minha mãe estava na ponta. Disquei e esperamos que atendesse. Meu pai apoiou os antebraços no encosto da cadeira de minha mãe, e me olhava de esguelha, como quem diz: *Fique esperta, garota.*

No quarto toque, Nickolas atendeu com a voz animada.

— *Oi, Tatá, pensei que tinha saído.*

— Não. Estou em casa, e tenho uma surpresa pra você. — Por cima do aparelho, olhei meus pais, e os dois pareciam curiosos, ao mesmo tempo em que demonstravam aquele ar de desconfiança.

Mas como falei antes, são muito legais.

— *Surpresa? Eu gosto de surpresa. O que é?*

— Espera um segundo. — Virei a cadeira e o corpo, mostrando meus pais. Nickolas gargalhou, contente, e falou algo que não ouvi, pois estava falando junto. — Esses são meus pais. Natália e Renato.

— *Olá, prazer em conhecer os senhores.* — Nickolas sorria de um canto a outro, com os braços cruzados sobre a mesa, e sua alegria era contagiante, arrancou sorrisos fáceis de meus pais, assim como fazia comigo.

— Olá, Nickolas, tudo bem? — Minha mãe disse, e ele assentiu, pedindo.

— *Esperem só um minuto, vou prender o celular aqui.*

Enquanto Nick ajeitava sua imagem, meus pais se olharam outra vez. E antes que meu amigo falasse algo, meu pai, claramente para puxar assunto, perguntou:

— Então, vocês dois se conheceram pelo WhatsApp?

— *Pois é, ela contou como foi pro senhor?*

— Sim, uma confusão que a operadora do celular arrumou.

— *Foi sim, eu até sugeri devolver o chip pra amiga dela, mas teria uma burocracia por causa do CPF cadastrado, esse tipo de coisas.*

E eu completei.

— Tininha não fez questão, até comprou outro chip.

— E, Nickolas — minha mãe se inclinou um pouco, para entrar no campo de visão dele — onde você mora?

Nós dois fizemos careta juntos, mas me adiantei a explicar, antes que Nickolas se sentisse constrangido.

— *Combinamos, na primeira ligação, que não haveria troca de endereços, nem encontros.*

— Ué, mas você mora aqui em Santo André mesmo? — Minha mãe insistiu.

Olhei para a tela e vi Nickolas assentir. Meu coração deu um saltinho de leve, e aquela reação me deixou ainda mais apreensiva.

Nickolas é tão sociável e extrovertido, que encheu meus pais de perguntas e, assim como foi comigo, em minutos, pareciam se conhecer há anos.

Por fim, quando o assunto esgotou, Nickolas ficou sério, e pediu.

— *Será que posso trocar contato com vocês?*

— Pode sim. — Meu pai respondeu sem questionar, mas ainda assim, Nickolas explicou.

— *Eu gostaria de ter com quem falar, caso aconteça algo e eu fique sem contato com a Tatá.* — Abaixou a cabeça, e minha mãe quis saber.

— Como assim? Se acontecer algo... o que poderia acontecer? — Minha mãe deve ter pensado milhões de tragédias em segundos.

Nickolas ergueu a cabeça e se apressou em responder:

— *Ah, nada demais, é que... uma vez um amigo meu foi em uma festa, bebeu muito, perdeu o celular, e... tipo, só fiquei tranquilo depois de conversar com a mãe dele e saber que estava bem.*

— Entendemos. — Minha mãe sorriu me olhando.

Eu estava doida para finalizar aquela conversa. Meu pai se despediu e saiu para mexer no carro, e terminar os retoques finais da lavagem. Mas, minha mãe se empolgou na conversa, e fiquei sentada com a bochecha apoiada no punho, ouvindo os dois falarem sobre novela.

Eu mereço.

TALITA

Meses depois...

Quando se perde alguém, tudo muda. Não adianta pensar que as coisas voltarão a ser como antes, e esperar que o tempo cicatrize. Ele pode até cicatrizar, mas aquela marca ficará permanentemente lembrando que houve uma ferida.

Alguns dias são bons, mas, do nada, de repente, acontece algo que nos faz lembrar a quem perdemos. Um gesto de alguém, uma frase que foi dita, uma música favorita, uma blusa.

Segurei a camiseta do meu irmão com força, não havia mais o perfume dele, ainda assim, eu não consegui reter aquele desejo ardente de chorar. A tristeza me abateu e me sentei perto do guarda-roupas, aproveitando que meus pais não estavam em casa, para chorar. Eu evitava demonstrar minha tristeza perto deles, pois sabia o quanto era difícil, mas quando estava sozinha, às vezes eu ainda chorava.

Vitor não foi apenas meu irmão, também era meu melhor amigo, e seus cinco anos a mais, faziam dele muito protetor.

O celular vibrou sobre a cama, e sequei o rosto com a camiseta. Às vezes eu pensava em jogá-la fora, pois sempre que a encontrava, aquele sofrimento me apunhalava com tanta força. Era muito triste.

Estiquei o braço para pegar o celular. Nick enviou mensagem perguntando se podia ligar de vídeo. Mas não queria que me visse chorando, nem queria falar sobre meu irmão.

Eu:

"Desculpa, Nick, agora não posso.

Será que posso te ligar daqui uns minutinhos?"

A resposta veio em seguida.

Nick:

"Claro, até depois."

Deixei o celular onde estava, dobrei a camiseta do Vitinho e a guardei no fundo da gaveta, de onde a tirei.

Talvez fosse o dia nublado que tornava tudo tão fúnebre. Sei lá.

Fazia muito tempo que eu não me sentia escorregar naquele sentimento de luto. Para ser mais precisa, desde que comecei a conversar com Nick, e isso já tinha uns dois meses.

Lavei o rosto e fiquei um tempo me olhando no espelho, pensando em como me sentiria se o contato com meu novo amigo acabasse. E se ele sumisse, do nada? E se trocasse o número do telefone? Isso era possível. Acho que sentiria muita, mas muita falta dele.

Mais tarde, recomposta, liguei e Nick atendeu. Não havia o bom humor habitual, ele estava deitado na cama, e ao invés do sorriso de sempre, seu rosto me encarou sério e calado.

— Nossa, o que aconteceu?

— *Nada, por quê?*

— Está chateado? Você sempre me atende com um sorrisão, e agora parece que... ah, — Me dei conta de que liguei sem enviar mensagem perguntando se podia, — Está ocupado?

— *Não, eu não estou chateado, nem ocupado.* — Nick deixou o celular de lado, pois eu via o teto. Imaginei que estava se ajeitando, e quando pegou o aparelho novamente, estava sentado e encostado na cabeceira de madeira, e várias almofadas. — *Quero te mostrar uma coisa.*

— O quê?

A imagem deu uma sacudida, mas logo se estabilizou e Nick mostrou um e-book em seu aparelho Kindle. A capa era de uma mulher com os braços abertos, e o título natalino denunciava que se tratava de um romance.

— A magia do Natal de Cynnthya Vargas? — Citei o título e o nome da autora em voz alta.

— *Sim, você falou que gostava de histórias de Natal, e recebi um e-mail do site hoje de manhã, anunciando este aqui. Comecei a ler, e tenho certeza de que vai gostar. Quer ler comigo?*

— Claro que quero. — Fazíamos muito isso. Ainda com a câmera ativada, líamos o mesmo livro e comentávamos. Puxei o Ring Light para perto e comecei a encaixar o celular. — Até onde você já leu?

— Só o primeiro capítulo. Vou esperar você ler.

— Tudo bem.

Puxei outro travesseiro, me ajeitei na cama, e peguei o notebook, para buscar pelo e-book e baixá-lo. Quando estava em chamada de vídeo com Nick, tinha que ler pelo próprio site, pois não tinha um aparelho de leitura, e o aplicativo que usava para ler, ficava no celular.

Enquanto lia, me ocorreu que Nick passava muito tempo dentro do quarto. Eu saía com Tininha e meus pais, às vezes chegava do colégio depois das três horas, quando passava na biblioteca ou fazia um lanche na rua com meus colegas. Mas ele sempre estava disponível quando eu ligava.

Perguntei uma vez, mas desconversou completamente. Entendi que aquela pergunta era uma das quais eu não devia fazer. Ainda assim, isso me incomodava demais.

Meu celular estava preso no Ring Light, e minha atenção voltada para o livro, que começava a prender minha atenção. A história era divertida, e fiquei com a curiosidade bem aguçada sobre o desfecho. Mas eventualmente, percebia, de esguelha, que Nick me observava de um jeito diferente. Quando terminei o primeiro capítulo e me voltei para a tela, ele me encarava atento, e perguntou:

— *Está triste, Tatá?*

Estranhei que tivesse percebido. Pensei que tinha conseguido disfarçar melhor. Inclinei a cabeça de lado e devolvi a pergunta.

— Por que pensa isso?

— *Seus olhos estão tristes. Seus lábios um pouco curvados para baixo. E está fungando o nariz, não como quem está resfriada, mas como quem andou chorando.*

Arqueei as sobrancelhas surpresa.

—Você é o quê? Algum analista comportamental? Andou fazendo aqueles cursos para leitura facial? Ou... sei lá. Eu hein.

Rimos por alguns segundos, e ele voltou a dizer:

— *Se estiver triste, sabe que pode contar comigo, não sabe?*

Não, eu não podia. Porque o que eu queria, estava fora do alcance dele. E, após um longo suspiro, acabei falando mais do que devia.

— Queria um abraço, mas você não pode me dar.

Nick ficou surpreso com minha declaração. Eu não sou analista facial como ele, mas sua fisionomia deixou claro que não esperava ouvir aquilo. E logo seus lábios se tornaram uma linha reta.

— *É. Sinto muito. Infelizmente, isso, eu não posso te dar.*

Tudo bem que eu mesma sou a culpada pela regra de não nos encontrarmos pessoalmente. Por outro lado, já que fui eu quem a criou, deveria ser também a pessoa que podia revogá-la. Não?

Tirei o notebook de cima das coxas e o coloquei ao lado.

— Nick, se os meus pais concordarem, o que acha de abandonarmos essa regra de não podermos nos encontrar e...

A ligação caiu?

Fiquei parada, olhando a foto de Nickolas na tela do celular, e logo em seguida minha lista de contatos apareceu. A palavra *digitando*, em verde, surgiu diante da foto dele, e logo depois a mensagem chegou.

Nick: *"Foi mal,*
a net está ruim hoje
vou aproveitar pra terminar um trabalho escolar
até mais tarde."

Devo ter ficado uns dez minutos com a boca aberta, antes de me dar conta do que estava acontecendo. Nick não queria me encontrar pessoalmente.

Tininha estava namorando, então não se importava com o fato de que troquei nossas fofocas de todas as noites, para conversar com Nick. Ela também passava longas horas conversando com seu namorado.

Faltavam poucos dias para as férias, depois de sair do colégio, sentamos em uma pracinha próxima, e depois de alguns minutos saboreando nossos sorvetes, Tininha questionou, como quem refletia sobre o assunto.

— Será que ele tem namorada?

— Quem?

— Ué, o Nickolas.

Falamos sobre ele antes da primeira aula, não esperava que ainda estivesse pensando no assunto. E não queria acreditar naquilo.

— Bem, por que ele omitiria isso?

— Porque ele gosta dessa troca de mensagens com você, e pode ter medo de contar e você se afastar.

— Não faz sentido. Não existe paquera entre a gente. Somos amigos. Eu até contei sobre o Marcos pra ele.

Tininha arregalou os olhos e virou o corpo inteiro para mim.

— Está me zoando, você não fez isso.

Dei de ombros.

— A gente estava lendo um livro, e ele perguntou como eu imaginava os personagens, então eu...

— Você falou que imaginava o Marcos?

— Sim. — Na verdade eu imaginava ele, mas não quis falar.

— Meu Deus, como você é tonta! Se o carinha estava a fim de você, agora já era, Tatá. Precisa dar um jeito de reverter isso. — Era engraçado o jeito como Tininha lidava com essas informações. O menor problema, se tornava assunto de nível nacional. Ela inclinou o corpo e bateu os pés no chão. — Aposto que ele não quer te conhecer pessoalmente, porque acha que gosta de outra pessoa.

— Mas eu gosto do Marcos — falei refletindo sobre isso olhando para longe, mas quando Tininha me olhou, voltei a atenção para ela. — É sério. Você sabe que gosto dele desde a quinta série.

— Você cismou que gosta dele. E quer saber mais? Você se fixou no fato de que é apaixonada pelo cara mais difícil do colégio, por pensar que, gostando dele, não corre o risco de sair dessa zona de conforto.

Fiquei olhando Tininha com um enorme ponto de interrogação na testa.

— Do que você está falando?

— Que você tem medo. — Foi cortante. — Tatá, você nunca beijou na boca, e fica se protegendo por trás desse papo de que gosta daquele mané. Marcos é um egocêntrico, metido, que não tem nenhuma qualidade. — Sacudiu a cabeça de um ombro ao outro, e admitiu. — Bem, talvez ele seja bonitinho... mas esse Nick é um cara legal, e você precisa parar de se boicotar.

— Oi? — gargalhei. — Não me boicotei. Nick não quer me encontrar, é sério, não tem nada a ver com o fato de eu ter falado sobre o Marcos com ele. Tem algo que ele esconde, só não sei o que é.

— Nem desconfia do que seja? — enfiou uma colherada do sorvete e ficou me olhando curiosa, piscando aqueles olhos xeretas e ansiosos.

— Não. E nem posso forçar a barra, pois ele sempre escorrega como sabonete.

Nick era um adolescente lindo, que vivia dentro do quarto, estudava em casa, e morava apenas com a mãe. Fora isso, tudo o que eu tinha descoberto sobre ele durante todo esse tempo de conversa, eram suas preferencias com respeito a livros, filmes, jogos de videogame e músicas.

— Você disse que ele tem o contato dos seus pais. — Tininha falou e assenti, então continuou, erguendo um ombro. — Então é justo que você tenha o contato da mãe dele.

Sorri, ao entender a ideia de minha amiga. Ela tinha razão, eu podia não conseguir informações com Nick, mas quem sabe sua mãe me contaria algo?

— Será que isso não é contra as regras?

— O que você contou sobre as regras, é com respeito a se encontrarem pessoalmente, e ele te rastrear. Não há nada sobre você rastreá-lo.

Balancei a cabeça para os lados, chocada com as brechinhas que minha amiga havia encontrado para resolver meu problema. Ela deveria começar a pensar em estudar direito.

TALITA

Muitos dias se passaram, nossas trocas de mensagens continuavam normalmente, Nick sempre enviava trechos de livros, ou algum vídeo que quase o tinha matado de tanto rir no tik tok. Não pensei que havia clima para o pressionar, ou abordar o assunto sobre ter o contato de sua mãe. Não entendi a razão, mas, ainda que tentasse disfarçar, ele parecia tenso.

Às vezes, até triste.

Ele não fazia questão nenhuma de que eu lesse os suspenses que gostava, nem os livros de terror, mas me acompanhava nas leituras dos romances românticos que eu mais gostava. Eventualmente, admitia ter gostado muito, como foi com o livro Desvio no Caminho, da autora P.G.S Zago. E, deitada de lado na minha cama, eu segurava o celular, admirando-o comentar a respeito.

— *Foi legal como ela conta o mesmo período, diversas vezes, sem ser repetitiva e chata. Gostei disso. E o final me surpreendeu.*

— A mim também. — Ri, olhando o teto, e quando o silêncio me incomodou, virei o rosto para a tela do celular. O que vi, me apertou o peito. Nick expressava uma tristeza profunda em sua face. Não encarava a tela, seu olhar parecia perdido em algum ponto do

quarto. E me virei de barriga para baixo, me apoiando nos cotovelos.
— Ei, o que foi? Você está triste? — Olhou para mim e assentiu lentamente. Consegui vê-lo engolir em seco. — O que aconteceu? Você disse que eu podia falar com você, então, se abre comigo.

Nick forçou um sorriso, que não chegou a repuxar nem a boca.

— *É que hoje não é um bom dia pra mim.*

— Por quê? — tentei manter a voz suave, como se ele fosse um passarinho prestes a fugir voando no menor movimento. Nick aspirou o ar profundamente e, novamente tentou sorrir.

— *Hoje faz um ano que meu pai morreu.*

Fiquei em choque, sem saber o que dizer. Nunca falamos a respeito. Na verdade, nunca quis perguntar, mas não sabia que fosse órfão de pai, pensava que seus pais eram separados.

Senti um desejo absurdo de abraçá-lo. Nick passou a mão no cabelo, tirando-o dos olhos, e notei que eles estavam marejados. Demorei conseguir balbuciar algo.

— Nick, eu sinto muito. — Também senti ódio de mim mesma, por não ter algo melhor para dizer, do que essa frase feita.

— *Desculpa, Tatá. Eu não queria falar sobre isso, mas... esse livro me fez pensar se... eu teria conseguido mudar o passado.* — Quando as lágrimas escorreram, Nick virou o aparelho, escondendo seu rosto de mim. Eu só conseguia ver o monitor do computador dele, e ouvir sua voz. — *Queria poder voltar no tempo, como Elisa, mudar as merdas que fiz. Queria evitar que meu pai estivesse naquele carro, naquela estrada...*

Chorei ouvindo-o falar, e quando ele não conseguiu continuar, tudo o que pude escutar, eram seus gemidos cheios de angústia. Senti seu sofrimento e a pele inteira arrepiar, como se compartilhasse aquele sentimento atormentador comigo. Fiquei em silêncio, permitindo que desabafasse, e demorou longos minutos para voltar a olhar a tela do celular. Secou o rosto com a manga da camisa, mas como não conseguiu pronunciar palavra alguma, falei baixinho.

— Se não quiser falar, tudo bem. Mas se quiser, fale tudo o que tiver vontade. Eu vou te ouvir. — Ele precisava desabafar, e vendo-o daquela forma, lembrei do Victor.

Meu irmão também deveria ter desabafado.

Precisei morder o lábio inferior para reter o desejo que tive de prantear sobre meu irmão. Não era hora para lembrar disso, mas, sim, eu também sentia vontade de ser capaz de voltar no tempo.

Nick demorou, mas conseguiu falar.

— *Meu pai foi me buscar.* — Fez uma pausa como se precisasse respirar. — *Eu estava em um lugar, e ele foi me buscar...* — Não conseguiu continuar, sacudiu a cabeça para os lados, indicando que não podia, e interrompeu a chamada.

Fiquei parada olhando o celular como sempre fazia quando isso acontecia. Pensei no que disse. Será que Nick se culpava pelo que aconteceu com o pai?

Sou uma idiota, eu deveria ter pegado o telefone da mãe dele, ao invés disso, estava aflita, sem saber se devia ligar de volta ou respeitar seu espaço.

Só havia uma certeza naquele momento: *Naquela noite, eu não conseguiria dormir.*

Realmente eu demorei pegar no sono, e quando acordei na manhã seguinte, a primeira coisa que fiz, foi verificar se havia mensagem de Nickolas. Quando não encontrei nenhuma mensagem ou chamada, fui tomada por aquela sensação angustiante de que o peito é pequeno demais para o coração. A ansiedade começou a crescer em mim. Tremia tanto, que não consegui nem mesmo digitar uma mensagem perguntando se poderia, apenas liguei.

Tocou várias vezes, mas Nick não atendeu. Tentei novamente, e outra vez, mas nada. Não foi fácil, e com as mãos trêmulas como se eu digitasse de uma montanha russa em movimento, escrevi uma mensagem, mas ela nem foi recebida. Liguei direto, sem ser pelo aplicativo de mensagens, talvez ele estivesse sem internet, mas caiu direto na caixa postal.

Então era oficial, eu estava em pânico.

Demorei uns dez minutos pensando no que deveria fazer, mas não havia nada ao meu alcance. Só me restava esperar.

Era o último dia de aula, teríamos uma festinha na sala, mas eu não tinha clima para isso, fui em busca da minha mãe. Encontrei meu pai saindo pela porta da sala.

— Bom dia, pai.

— Bom dia. Ah, sua mãe foi passar a manhã com a dona Vera no hospital, parece que a filha dela está indisposta hoje e não vai poder ficar com ela, tadinha, então pediu ajuda e sua mãe deve demorar, mas pediu pra te avisar que deixe a chave embaixo do vaso na varanda.

— Ah, tá, tudo bem.

Dona Vera é nossa vizinha há doze anos, e está muito idosa. Só tem uma filha, que também não tem a saúde muito boa, por isso minha mãe a ajuda. Isso tem ocupado o tempo dela, impedindo que se afunde em tristeza por causa do meu irmão. Então, mesmo que seja péssimo que dona Vera esteja doente, às vezes me sinto feliz que minha mãe tenha algo para pensar além de seus próprios problemas.

Pensei em dizer ao meu pai que não iria para a escola, mas não precisava incomodá-lo com isso. Fui até a cozinha e quase caí ao tropeçar no degrauzinho da porta, culpa da mania de verificar o celular a cada segundo. Engoli um pedaço de bolo com um pouco de café com leite, mas não consegui sentir o gosto de nada.

Eu não me sentia bem, andei pela casa desnorteada, sem saber o que fazer. Liguei para a Tininha, e depois de despejar tudo, ela falou com a voz ofegante de quem estava correndo.

— Você não devia faltar na aula, se ficar em casa, vai ser pior. Não adianta ficar nessa aflição até ele dar as caras.

— Tininha, eu não tenho condições de sair do jeito que estou. — Estiquei a mão, eu tremia. Só passava bobagens na minha cabeça.

— Quer que eu vá pra sua casa?

— Não... pode ir pra festa, seu namorado vai estar lá. E eu vou ficar bem, prometo. Fica *sussa*.

— Qualquer coisa me liga. — Gritou. — Enquanto meu chip ainda funciona. — Gargalhou, me arrancando risos. E desligamos.

Sentei no sofá da sala e fiquei olhando a última mensagem que enviei para o Nick. E se ele tivesse trocado o chip? Caramba! Eu estava muito chateada.

Fiquei pensando em como me senti depois que Victor nos deixou. Sim, porque Victor nos abandonou. Ele desistiu, e nunca vou saber o quanto sofreu em seu íntimo. A única coisa que se passou em minha cabeça, por muito tempo, era o quanto eu havia sido uma péssima irmã. Eu não notei que aquele sorriso era falso, que aquelas piadas eram fachada para esconder um interior vazio e triste.

Estava tão difícil respirar ao pensar no meu irmão, e as lágrimas brotavam sem qualquer controle. Eu queria ter percebido, ter dito coisas que mudassem suas trevas em luz. Mas quando me dei conta, era tarde demais. Ele tinha deixado um bilhete, e nunca mais abriu os olhos.

Chorando desesperadamente, a ponto de sentir dores terríveis na barriga, temia que Nick pudesse estar assim. Aqueles risos, aquele bom humor, aquela fachada de felicidade, podiam ser para ocultar a culpa que sentia, a tristeza que o devastava. Meu Deus! – pensei, e gemi. O pensamento escapou em voz alta, que saiu em um fio, embargada.

— Nick, me liga, por favor.

O dia estava lindo lá fora. Claro, ensolarado, e eu podia ouvir os passarinhos cantando em algum lugar do quintal. Mas a angústia me impedia de ver qualquer beleza. Eu só pensava em Nick, e se voltaria a falar com ele.

Durante o tempo em que falamos, nenhuma vez ele esteve fora do ar daquela forma. Tinham poucas horas, mas a sensação era de que havia se passado dias.

E, somente depois das dez horas, é que o segundo risquinho surgiu na mensagem que enviei. Ele estava online, mas não tinha visualizado ainda.

Voltei para o quarto sentindo meu sistema nervoso fora de controle. Deixei o celular sobre a cama e fui até o armário buscar roupas para trocar. Na mente, passavam várias coisas que gostaria de dizer. Dentre elas, exigir que me passasse o contato de sua mãe.

Por que ele não me ligava? Eu nem poderia questionar, pois não passava de uma amiga virtual. E qual é o nível de amizade de alguém que só conhecemos por internet? Aliás, qual seria o nível de satisfação que eu poderia cobrar? Certamente nenhuma.

Eu não tinha o direito de exigir nada. Andei de um lado para o outro do quarto, segurando minha calça jeans, tentando acalmar aquele tornado F5 que parecia girar dentro de mim. Respirei fundo algumas vezes, fechei os olhos e aspirei o ar profundamente.

Nickolas visualizou, mas não respondeu.

Ok, eu vou ligar — pensei.

Disquei e aguardei. Quando atendeu, a voz dele estava neutra. Era como se eu estivesse sob uma tempestade catastrófica, enquanto ele curtia um dia de sol nas ilhas Cayman.

— *Oi, Tatá, não foi na aula hoje?* — Não era o Nick animado, mas também não parecia triste como na noite anterior.

— Hoje é o último dia, só vai ter festa, então, não fui.

— *Você não gosta de festas?* — um risinho escapou, mas eu não sabia se era um riso sincero.

Novamente meu irmão e sua risada vinham à minha mente. Aspirei o ar profundamente e o soltei junto com tudo o que me sufocava, entredentes.

— Você não pode sumir assim, entendeu? Pediu o contato dos meus pais, e disse que era pra ligar caso eu sumisse porque você não queria ficar preocupado. E como eu fico? Você sumiu, e não tive como ter notícias suas. Por que você sumiu desse jeito?

— *Tatá, eu não sumi, só fui ao médico hoje de manhã. A gente se falou ontem à noite.*

Fiquei em silêncio, e ouvi a respiração dele, mas Nick também não disse nada. Depois de soltar o restante do ar que havia prendido, confessei um pouco mais calma.

— Você estava triste ontem e desligou do nada, fiquei preocupada.

Demorou alguns segundos, e falou.

— *Obrigado por se preocupar. De verdade. E me desculpe por ter te deixado preocupada. Eu achei que você tinha ido pra aula, pretendia te chamar depois do almoço.*

Dividida entre o alívio e a vergonha, respirei fundo mais uma vez, pois ainda sentia o coração acelerado.

— Tudo bem. Desculpa essa crise repentina. Mas... quero o telefone da sua mãe.

Ele riu.

— *Vou te passar o telefone daqui de casa, minha mãe está sem celular.*

— Espera, preciso pegar uma caneta.

— *Sua voz me faz pensar que está muito brava.*

— E estou.

— *Está exagerando. Eu não sumi um dia inteiro. Qual é?*

Parei na frente da cômoda onde estava a caneta, e fechei os olhos.

— Nick, só promete pra mim que não vai mais sumir desse jeito. Pelo menos me manda uma mensagem dizendo que vai ficar sem internet, ou fora de área.

— *Na verdade, fui deitar logo que paramos de conversar ontem, e esqueci de colocar o celular pra carregar, então ele desligou e não tive tempo de colocar pra carregar antes de sair pra consulta.*

— Consulta? — De tudo o que ele disse, foi tudo o que ouvi. — O que você tem?

— *Eu... é...*

A voz de dona Ângela surgiu ao fundo.

— *Nickolas, está pronto?*

— *Oi, mãe, estou. Já vou.* — E para mim falou com urgência na voz, como se estivesse com mais pressa de escapar da nossa conversa, do que atender a mãe. — *Tatá, preciso ir, depois a gente se fala. Desculpa... de novo. Beijo.*

E, desligou.

Fiquei sem o número da casa dele, com a boca retorcida em uma careta, encarando a parede por longo tempo. Ele escondia algo. Se ainda restavam dúvidas, agora não havia mais.

NICKOLAS

Quando recebi a primeira mensagem da Tatá, dizendo que estava sem energia elétrica, sem nada para fazer, e que queria conversar; por um instante, senti todos os pelos do meu corpo se arrepiarem. Sinistro! Acontece que, minutos antes, eu estava sentado no meu quarto, no escuro, analisando sobre o quanto aquela solidão estava me consumindo. E, pensei exatamente assim: *Queria alguém para conversar.* No segundo seguinte a tela do celular acendeu, e era a mensagem dela.

Desde sempre, achei Talita divertida, inteligente e atenciosa, fiquei feliz por tê-la conhecido. Mas depois comecei a me arrepender por ter permitido que isso começasse. Não pensei que poderia ir tão longe. Desconfiei de que ela estava se envolvendo demais, e mesmo que eu me esforçasse para manter o nosso relacionamento na zona da amizade, não acreditei que isso fosse possível.

Pensando em Talita, me desliguei por completo, e só me liguei de que estava viajando nas ideias, quando minha mãe pigarreou. Ela estava em silêncio, sentada à cabeceira da mesa, e não pensei que estivesse me observando. Ela me encarava curiosa, e indicou meu prato com o queixo. Olhei para ela interrogativo e cruzou os braços sobre a meça.

— Você vai mesmo ignorar esse risoto cheio de bacon, cogumelos, couve-flor e brócolis?

Sorri, como sempre fazia para disfarçar o caos que me revira por dentro.

— Estou sem fome, mãe. Mas isso está uma delícia. Eu, só estou um pouco cheio, acho que não devia ter tomado aquele milkshake.

— Eu avisei. — Pegou o garfo e o enfiou no risoto. — Está tudo bem com a Tatá?

Minha mãe invadiu meu quarto outras duas vezes enquanto eu conversava com a Talita, e as duas tagarelaram como se fossem velhas conhecidas. Mesmo assim acho engraçado como fala sobre a Tatá, como se fossem íntimas. Assenti, confirmando que estava tudo bem, mas a verdade é que me sentia incomodado. Acho que ela notou isso, por isso estreitou os olhos em minha direção. Rimos e esfreguei o rosto, ansioso, nervoso, ou sei lá.

— Acho que ela pode estar gostando de mim de outra forma — contei. Sempre tive um bom relacionamento com minha mãe, nunca escondi esse tipo de coisa, então ela arqueou a sobrancelha e ergueu o punho para apoiar o queixo.

— E isso é ruim, por quê? Você não gosta dela? Tatá é linda, e parece que te faz bem.

Olhei do prato para minha mãe, surpreso.

— Como assim? Me faz bem?

— Sim, muito. Há muito tempo não o via gargalhar como faz quando está falando com ela. E você evoluiu tanto nos exercícios. Não venha me dizer que não tem nada a ver com sua nova amiga.

— Mãe, não inventa. — Não verbalizei, mas eu não envolveria Talita em minha vida, nem a arrastaria para o fundo do poço onde eu vivia. — Já estou incomodado com o tempo que ela perde em chamadas de vídeo comigo. Deveria estar em festas com os amigos, passeando pelas praças, viajando, ou namorando alguém que possa levá-la para dançar, passear em qualquer lugar... — Eu não sabia o quanto isso me incomodava, até deixar que esses pensamentos escapassem por minha boca. Não encarava minha mãe, olhava para o prato diante de mim, e minha garganta começou a se fechar, os olhos embaçaram, então, parei de falar.

Minha mãe tocou minha mão sobre a mesa. Era reconfortante sentir o toque macio de sua mão e sua voz carinhosa.

— Filho, você pode fazer tudo isso.

Mas me irritei, pois não concordava nem um pouco com o que falou.

— Não posso, como eu faria? — Apontei a cadeira de rodas na qual estava sentado, e uma raiva, a qual nunca havia sentido, atingiu meu peito com força. Experimentei muitos sentimentos desde o acidente, mas nada se comparava ao que sentia ao imaginar o tal Marcos, finalmente se dando conta da garota incrível que a Tatá era, e levando-a para tomar sorvete, ou, simplesmente passear de mãos dadas pelas praças que ela tanto gostava.

Talita merecia ter um namorado como os protagonistas dos livros que lia. Era uma garota romântica, e sei que imaginava ser pedida em namoro por um cara decente o bastante, que pudesse ao menos se ajoelhar diante dela. Eu não poderia fazer isso.

— Você está se limitando, Nick. — Minha mãe começou o sermão de sempre. — O Doutor Vasques disse, a Doutora Letícia e todo mundo, mas você não se rende. Essa limitação está na sua cabeça, precisa reagir.

Ri com deboche, era como eu erguia o escudo diante de mim quando as palavras da minha mãe me incomodavam.

— Diz como se fosse fácil, mas não é você que tem que se arrastar pela casa em uma cadeira, ou dela para a cama, todos os dias.

— Girei as rodas para trás, me afastando da mesa, e enquanto manobrava a cadeira para voltar ao quarto, a ouvi protestar.

— Não estou falando que é fácil, só que você é capaz. E Talita é uma excelente razão pra você deixar essa comodidade e se esforçar mais.

Comodidade?! Se não fosse minha mãe, acho que teria gritado um palavrão naquele momento. Talvez jogado o garfo nela.

Atravessei o corredor o mais rápido que fui capaz, ignorando a dor no braço. A cadeira agarrou no batente da porta, dificultando o giro, e na tentativa de entrar no quarto, fiquei ainda mais nervoso e suado.

— Caralho! — Gritei puxando a roda para trás, a irritação alcançando picos altos. — Vai se foder!

— Nick! — Minha mãe gritou do fim do corredor, chocada.

— Não tô falando com a senhora, tá? É com essa merda de cadeira.

Finalmente consegui entrar, e me embaralhei novamente para girar e puxar a porta. Quando a empurrei com força, e ela bateu, causando grande estrondo, fechei os olhos, temendo que um pedaço do gesso despencasse do teto.

Ainda estava nervoso quando tentei sair da cadeira para sentar na cama, e tudo ficava muito mais complicado quando estava assim. O suor escorria por toda a parte, e fiquei ainda mais enfurecido. Quando consegui me sentar na cama, a cadeira deslizou para longe, e lembrei de que havia deixado o celular na escrivaninha, ao lado do notebook.

— Puta que pariu. — Gritei cansado.

Achei que minha mãe viria continuar o discurso motivacional, e falar sobre os palavrões que soltei, mas, para meu alívio, ela não apareceu. Deitei para trás e passei a encarar o teto.

Eu acreditava que deveria me afastar de Talita, e me convencia a cada dia de que era o melhor a fazer. Por ela. Acontece que, não conseguia. Bastava alguns minutos se passarem, para eu ansiar por suas mensagens. Talvez eu fosse um covarde. Ou um egoísta. Um egoísta covarde.

TALITA

Era oficial, eu não pensava mais em Marcos. Por outro lado, se tornou minha nova obsessão adolescente, descobrir o que Nick escondia por trás daquele sorriso perfeito, cheio de covinhas e olhos cor de mel brilhantes. A cada dia o achava mais lindo, e se tornava mais difícil fingir que meus sentimentos não estavam confusos. Mas eu me esforçava o máximo que podia para manter aquele laço que vínhamos estreitando.

Ele se esforçava para manter nossas conversas focadas nos livros e filmes. Quando escapava alguma pergunta mais íntima sobre minha vida, logo desconversava, arrependido. Tenho certeza de que temia estar me dando munição para questioná-lo também.

Como quando soltou, no meio de uma conversa, uma perguntinha.

— *Costuma ver o Marcos nas férias?*

Eu estava colando um adesivo no meu caderno de resenhas, e olhei para o celular, surpresa. Pelos olhos que se arregalaram e a boca que se abriu receosa, notei que se arrependeu por ter questionado a respeito.

— Não, não o vejo. E nem quero saber dele.

— *Desculpa, eu não sei por que perguntei isso.*

— Não tem problema perguntar. — Deixei o caderno sobre a cama e abracei os joelhos. — E você, nunca me contou se tem namorada.

— *Não, eu não tenho.* — Nick umedeceu os lábios com a língua e quando desviou o olhar da câmera, visivelmente constrangido, sua boca se curvou em um riso — *Não vamos falar sobre isso, ok? Desculpa, eu sei que comecei, mas...*

— Você me acha feia? — Perguntei sem pensar, mas não me arrependi. E achei engraçado o jeito como Nick voltou a encarar o celular. Ele arqueou as sobrancelhas e arregalou os olhos completamente surpreso.

— *Claro que não, por que perguntou isso?!*

— Acha que esses aparelhos me deixam estranha? — Arreganhei os lábios, para exibir os aparelhos com borrachinhas rosas.

Nick sorriu divertido, emitindo aquele som que eu tanto passei a amar nos últimos meses.

— *Eles são um charme. Acredite.*

— Sério? — Realmente eu fiquei feliz em ouvir isso, achei que, no máximo, ele diria que eram temporários, que eu não deveria me preocupar com isso. Enfim, as mesmas coisas que meu irmão dizia.

— *Sério, você é linda, Tatá* — falou sério, mas mordeu o canto da boca e apoiou a testa na palma da mão. — *Não deixa ninguém te levar a questionar isso outra vez.*

Dona Ângela abriu a porta atrás dele, e entrou falando alto.

— *Amor, eu vou...* — Ao me ver, acenou. — *Oi, Tatá, tudo bem?*

— Oi, tia. — Fazia algumas ligações que eu a tratava assim, e ela sorria abertamente.

— *Estava com saudades de você.* — Ela era uma fofa, e eu sorria como idiota ouvindo isso.

— Também senti sua falta. Aliás, pedi ao Nick seu número, mas ele está me enrolando.

— *Ah, eu não tenho celular, mas anota o número da lanchonete.*

— Mãe! — Nick a repreendeu, como se fosse um segredo que a mãe trabalhava em uma lanchonete.

— *O que foi?* — perguntou ao filho e, em seguida, se voltou para mim, ditando o número. — *Anota também o fixo daqui de casa.*

Era isso que eu queria, e me apressei em anotar. Depois de piscar um olho, Ângela tocou o ombro de Nick.

— *Deixei seu jantar no micro-ondas, ok?*

— *Obrigado.* — Parecia contrariado e fiquei com medo de que ficasse bravo por eu insistir em pegar o contato de sua mãe, mas eu tinha direito, certo?

— *Beijos, Tatá. A gente se fala.*

— Beijos, bom serviço.

Ela saiu do quarto e fechou a porta, só então Nick voltou a me encarar.

— *Temos uma lanchonete, nós três trabalhávamos nela. Mas depois que meu pai morreu, tivemos que contratar funcionários, e a lucratividade despencou. Então, ela tem voltado a trabalhar lá, quando precisa cobrir algum funcionário.*

Que pena, senti uma dorzinha no peito ao ouvi-lo contar aquilo.

— Você não trabalha mais lá? — perguntei. Nick não encarava a tela do celular, novamente tinha aquele ar de desconforto, incomodado com a pergunta. Antes que desligasse, decidi mudar o assunto. Ergui o caderno de resenhas e sorri. — Acha que ficou bom, ou preciso de mais adesivos?

Não sei se notou a minha intenção de desviar o assunto, mas ele analisou o caderno por um tempo, sua expressão ganhou um leve ar entusiasmado e meneou com a cabeça lentamente, esboçando um sorriso tímido.

— *Está legal assim.* — Um dos adesivos, era a foto de um print de uma de nossas ligações. Imprimi em papel adesivo e colei no caderno. — *Acho que quero um adesivo desses também.*

Ergui um ombro.

— Me passa seu endereço, que envio pelo correio.

Ele gargalhou. Claro que notou meu plano estratégico para conseguir seu endereço. E ri junto com ele, pois isso se tornou um prazer, rir com Nickolas.

Eu sabia que era errado ultrapassar os limites que Nick impunha entre nós. Mas não conseguia me arrepender por estar avançando naquela direção.

Liguei no telefone da lanchonete para falar com a mãe dele, e ela me convidou para ir até lá. Ficava no centro da cidade, e por incrível que pareça, por várias vezes passei em frente, e sempre pensei em entrar para comer algo, mas nunca o fiz.

Tininha foi comigo, e durante todo o percurso que fizemos de ônibus, esfregou as mãos uma na outra, fazendo diversas suposições sobre quais seriam os segredos que Nick escondia.

— Será que ele tem dupla personalidade? Já ouviu falar sobre essas pessoas que mudam de humor repentinamente? Pode ser por isso que às vezes ele está legal e às vezes parece estranho.

Tininha não sabia sobre o pai de Nick, a única coisa que contei foi sobre a resistência dele com respeito a me encontrar pessoalmente.

— Não acho que seja isso, mas também não quero ficar criando hipóteses. — Eu me sentia nervosa, e se me sentia assim por estar prestes a encontrar a Ângela, imaginava como estaria se esse encontro fosse com o próprio Nickolas.

Descemos do ônibus e caminhamos a pé as duas quadras até a lanchonete. Para meu alívio, Tininha decidiu falar sobre seu namoro e me distraiu um pouco do que estava fazendo. Temia que Nick ficasse muito bravo e me deletasse de sua vida completamente, mas precisava fazer isso, eu já não conseguia dormir direito.

A lanchonete Do Galo, é grande, rodeada por janelas de vidro, com a fachada de madeira e uma temática de fazenda. O ambiente era grande, tinha mesas em uma varanda na lateral, em uma espécie de deck, e dentro dela, algumas com estofados laranja. Reconheci Ângela assim que entramos. Ela caminhava dos fundos em nossa direção, e sorriu ao me ver.

— Tatá! — Abriu os braços ao se aproximar, e me abraçou ternamente. Seu perfume era acolhedor, uma mistura de rosas com gordura. Lembrava minha mãe.

— Oi, tudo bem?

— Que bom que veio. — Olhou para minha amiga e tocou seu ombro. — E quem é essa moça linda?

— Prazer, sou Tifanny, amiga da Talita.

— Prazer, Tifanny. Venham aqui, meninas. — Apontou uma mesa no canto e a seguimos. Antes de se sentar, se dirigiu a um de seus funcionários que passava ao nosso lado. — Diego, anota os pedidos das meninas, por favor. — E sorriu para nós. — É por conta da casa.

— Não precisa. — Falei constrangida, me acomodando no canto, com Tininha ao meu lado.

— Imagina, faço questão.

Pedimos apenas suco de laranja, mas Ângela pediu que trouxesse porção de batata com bacon e queijo para acompanhar. Depois que o rapaz se afastou, ela se voltou para mim.

— Antes de qualquer coisa, quero agradecer por você estar sendo tão gentil com o Nick. Ele precisava muito de uma amiga que o distraísse e o fizesse sair um pouco da bolha.

— Tia Ângela, eu tenho tentado fazer com que ele desabafe comigo, mas Nick é muito fechado. Ele conversa muito, quando o assunto é ficção de livros e filmes, mas sobre sua própria vida, até agora não falou quase nada.

Ela assentiu tristemente, concordando.

— Sim, desde o acidente ele tem ficado cada vez mais isolado. Foi uma surpresa quando o vi conversar com você. — E sorrindo para mim e Tininha, revezou o olhar entre nós duas, ao contar. — Eu o ouvia gargalhar no quarto, mas não fazia ideia de que era com alguém, até que entrei e o vi falando com você.

— E o que aconteceu pra ele ficar assim? — Tininha perguntou sem filtro. Revirei os olhos contendo o desejo de beliscar sua perna, mas Ângela não se importou, deu de ombros e começou a contar.

— Ele se culpa pelo que aconteceu com o pai.

— Eu notei isso, mas Nick não me contou com detalhes o que houve.

Após comprimir os lábios e me encarar por alguns segundos, ela se inclinou um pouco sobre a mesa.

— Não diga que te contei, ou ele ficará muito chateado comigo. Se Nick não contou, é porque ainda não se sente confortável para isso.

— Sim, eu sei. — E fiquei triste por isso. Queria que estivesse à vontade para me contar tudo que o fazia se sentir mal.

TALITA

Ângela se encostou na cadeira e continuou.

— Nick conheceu uma moça, neta de uma senhora que mora no nosso bairro. Os dois começaram a namorar. Mas a garota mora em São Caetano, e em um final de semana, o convidou para ir a uma festa. — Parou de falar e respirou profundamente, como se lembrar os fatos a sufocasse, mas continuou. — Seu pai era muito rígido, não o deixaria ir sozinho. Sabendo disso, Nick mentiu, disse que ia dormir na casa de um amigo. Na verdade, foi de ônibus para São Caetano. Ele foi assaltado, e os bandidos bateram muito nele.

— Meu Deus! — Tininha exclamou, mas eu não consegui dizer nada, apenas a olhava com o coração apertado, atenta ao que contava. Ângela meneou com a cabeça tristemente e prosseguiu.

— Meu marido recebeu um telefonema de um homem, que disse ter encontrado o nosso filho. Nick estava consciente, e pediu que esse senhor nos avisasse. Então o pai dele saiu como louco de casa e foi buscá-lo.

O garçom se aproximou na mesa com a bandeja onde trazia o jarro de suco com os copos, e a porção de fritas. Ângela o esperou servir e sorriu quando terminou.

— Obrigada.

— Mais alguma coisa? — O rapaz perguntou e ela olhou para nós.

— Desejam algo mais?

Negamos com a cabeça e falei, ansiosa por ouvir o resto.

— Não, obrigada. E o que aconteceu depois?

Dispensou Diego e tomou um gole do suco antes de completar.

— Na volta, houve um acidente na pista, segundo testemunhas, os carros pararam repentinamente, e para não bater no veículo da frente, Júlio desviou e perdeu o controle da direção. O carro caiu em uma ribanceira e capotou muitas vezes. — Seus olhos se encheram de lágrimas e me arrependi por tê-la feito contar aquilo.

— Tia, desculpa, não devia ter feito com que pensasse nisso.

— Não, tudo bem. — Tocou minha mão carinhosamente. — Eu não me importo. Talita, eu realmente vi o quanto sua amizade fez bem ao meu filho, e acho que é importante que você saiba o que houve. Não me importo de contar.

Concordei com a cabeça, olhei Tininha de esguelha e ela tinha os olhos úmidos, mas segurava bem o desejo de chorar.

Ângela empurrou a porção em nossa direção e sorriu.

— Vão comendo, meninas, depois me digam o que acharam.

Tininha e eu nos servimos, enquanto ela prosseguiu contando o que aconteceu depois do acidente.

— Meu marido faleceu no mesmo instante, mas quando o socorro chegou, encontrou Nick em situação bem crítica. Graças à Deus, depois de três dias ele recobrou a consciência. Os médicos disseram ser um milagre devido à gravidade da situação. Mas...

Aquele mas, fez meu coração capotar muito mais do que imaginei o carro deles capotando.

— O que aconteceu?

— Nick teve ferimentos graves nas pernas, e precisou ser submetido à cirurgia. Quando acordou, os médicos informaram sobre a necessidade de fisioterapia depois que removessem os pinos e estivesse pronto para firmar-se de pé. Só que ele... — Comprimiu os lábios e sacudiu a cabeça para os lados. — Não consegue andar.

Algo percorreu minhas veias como se eletrificasse tudo, tamanho foi o meu choque.

— Ele... não anda?

Percebendo o susto que eu não consegui ocultar, Ângela se apressou em contar.

— Não há nada de errado fisicamente, mas os médicos acreditam que é psicológico. Nick não consegue. A fisioterapia não tem surtido efeito algum.

Tininha e eu nos entreolhamos boquiabertas. Nenhuma suposição havia preparado a gente para aquela notícia, e Ângela, após outro gole do suco, explicou.

— Ele tem conversado com uma psicóloga, e ela acredita que ele pode estar se culpando pelo que houve com o pai. É a maneira que a mente dele encontrou para o punir. Mas ele não fala, não admite, insiste que tem tentado, mas não consegue. — Ergueu os ombros. — Simples assim.

Eu acho que nunca me senti tão apalermada na vida. Tininha, nervosa, comia uma batata atrás da outra sem nem ao menos piscar, acho que nem mastigava direito. E, diante daquele relato, eu sabia que precisava dizer algo, mas minha cabeça parecia rodar em alta velocidade.

— Como eu posso ajudar se ele não me deixa chegar perto? E por que ele age assim?

— Os amigos dele se afastaram. Aos poucos, um a um foi deixando de aparecer. E acho que, com vergonha, também deixaram de entrar em contato, por não terem desculpas ou o que dizer.

— E a namorada dele? — Tininha fez o favor de perguntar o que eu também queria saber. Ela parecia ler meus pensamentos.

— Ah, simplesmente, sumiu. Se acaso tem vindo na casa da avó, não a temos visto. Até chegou a visitá-lo quando voltou do hospital, mas o tratou como se fosse apenas um colega. — E, desviando os olhos de Tininha para mim, disse. — Ele tem medo de perder você, Tatá. Acho que ele se sente seguro atrás da tela. Você é a única amiga que não sabe a real situação.

Assenti, compreensiva. E agora entendia o porquê da insistência dele para ter contato com meus pais. Deve ter sido horrível para Nick, ficar sem notícias dos amigos até se dar conta de que foi abandonado. Meu peito se apertou ao imaginar como ele se sentiu ao descobrir que seus amigos se afastaram por causa de sua atual condição.

Ardia em mim uma dor inexplicável, queria chorar e a garganta queimava. Mas se havia alguém naquela mesa, que precisava desabar por causa dessa história, era Ângela, e ela se segurava tão bem, que não me achei no direito de chorar.

— Ele disse que trabalhava aqui na lanchonete.

Sua mãe assentiu.

— Nós três. Júlio, Nick e eu. Com tudo o que houve, precisei contratar funcionários, pois tinha que ficar em casa com Nick. — E como alguém que vê o lado positivo em tudo, sorriu, olhando em volta. — Foi bom, eu precisava descansar um pouco disso aqui.

Seu sorriso, porém, era triste.

E quando nos despedimos, sai da lanchonete ainda mais decidida a convencer Nick de que eu devia fazer parte de sua vida.

Eu queria ajudar.

Passei os dias seguintes pensando em como convencê-lo a se abrir comigo. Saber a verdade me acalmou, era bom saber que o problema não era eu, que Nick não demonstrava interesse algum em me conhecer, mas não por não ter *interesse* algum em mim. Então deixei de me sentir tão ansiosa. Ainda um pouco preocupada, pois temia que Nick pudesse fazer algo como meu irmão fez.

Em uma tarde de quarta-feira, o chamei para jogar adedanha e ele franziu o cenho.

— *O que é isso?*

Eu estava deitada na rede que fica presa nas colunas da varanda nos fundos de casa, e o celular estava preso no Ring Light ao lado. Ergui o caderno que tinha sobre as pernas e expliquei.

— Não acredito que não conhece esse jogo. Colocamos nome, cidade, fruta, cor, e o que mais quisermos... — fui apontando a caneta para a folha. — E tiramos par ou ímpar, o número que cair, equivale a letra, e...

— *Stop?*

— Ok, também conhecido como Stop, adedanha ou adedonha. Já jogou?

Nick gargalhou:

— *Adedonha? Pior ainda.*

— Sim, nunca ouviu?

— *Não mesmo, mas topo jogarmos esse tal de stopdedonha.*

Gargalhei e apontei para sua imagem no celular.

— Então pega um caderno.

Ele assentiu.

— *Tá, espera aí que vou pegar.*

Depois de saber sobre a cadeira de rodas é que passei a reparar melhor em algumas atitudes dele, como quando virava a imagem do celular para o teto quando precisava se locomover pelo quarto. Não demorou para voltar a aparecer e encaixar o aparelho em algum suporte.

— Pronto? — Perguntei. — Vamos colocar nome, cor, carro...

— E passamos longos minutos brincando e rindo.

Minha mãe parou na porta, se encostou no batente, e riu ao ouvir nossa discussão sobre a cor magenta. Nick se recusou a aceitar que era uma cor, mas eu sei que é. Não é?

Todos os dias eu ainda pensava, em como fazê-lo derrubar aquele muro que criou em volta de si e me deixar entrar, mas enquanto isso, me bastava sua companhia, nem que fosse virtual.

NICKOLAS

Da janela do meu quarto, conseguia ver a rua lateral onde os meninos jogavam bola. Eu gostava de jogar futebol, pelo menos nos finais de semana passava as tardes com eles naquela rua. Mas nunca dei valor.

Nezinho, um dos meus vizinhos, deve ter uns doze anos. Pisou na bola, literalmente, e caiu, os outros começaram a rir, mas ele não gosta que riam dele. Se há algo que o aborrece, é quando zombam de sua cara. Ficou muito nervoso e se levantou gritando vários palavrões.

Não achei graça. Nem quando caiu, nem quando riram dele, nem quando xingou, ou quando partiu para cima do outro colega, batendo nele, e os dois rolaram para o chão. Também não sei se sentia inveja deles, mas o dia estava ensolarado, e desejei ir até lá. Acontece que moro no segundo andar, sobre a lanchonete da nossa família. E a escada, embora seja larga o suficiente para passar a cadeira, é estreita e íngreme. Se eu dissesse que queria descer, sei que minha mãe daria um jeito, mas ela trabalha demais, e isso é um fardo que não deve carregar.

Eu sou um fardo que não deveria ter que carregar.

O celular tocou sobre minha perna. O nome no visor sempre gelava minha barriga, e atendi a Talita, como sempre, tentando não mostrar a cadeira de rodas.

— Oi, Tatá. Pensei que estivesse na rua.

— *Acabei de chegar.* — Falou se sentando no que acredito ser o sofá da sala de sua casa. Atrás havia um móvel cheio de porta-retratos, e embora eu já os tivesse visto antes, nunca perguntei sobre o garoto que aparecia em quase todos eles.

— Quem é aquele menino na foto, abraçado com a sua mãe?

Talita olhou para trás e, antes de responder, colocou o dedo indicador diante dos lábios e se levantou. Caminhou pela casa com ar conspiratório e soube que se tratava de algo que não queria falar perto dos pais. Passou pelo corredor, e logo notei que estava entrando em seu quarto.

— *Era meu irmão.*

A palavra "era", dizia tudo, e percebi que tinha feito uma pergunta íntima que não devia.

— *Desculpa, não precisa falar nisso se não quiser.* — Caramba, eu queria um buraco para me enfiar naquele momento.

Talita esboçou um sorriso forçado, e se sentou na cama.

— *Não tem problema perguntar, Nick. Se não se importar em ouvir uma história triste, eu gostaria de te contar.*

Ela parecia ter necessidade de contar. Meneei com a cabeça e, com os cotovelos sobre os apoios de braços da cadeira, juntei as mãos sob o queixo.

— Quero ouvir sim.

Esperei que ela se ajeitasse na cama, Tatá usava uma blusa de moletom com capuz da cor ciano que caía por seus ombros, deixando a alça da blusa branca à mostra. Eu queria prestar atenção na história, mas não conseguia ignorar o quanto ela era linda e imaginar como seria seu perfume. Enquanto arrumava as almofadas para se encostar, começou a contar.

— *Victor tinha dezessete anos e eu doze. Mas mesmo com essa diferença de idade, éramos muito próximos.* — Sorriu, encarando a câmera. — *Tínhamos nossas briguinhas, mas nada sério. Enfim, ele começou a namorar uma garota da turma dele. Eu não tinha nada contra ela, mas também não fiz questão em fazer amizade. Um dia, eles foram em uma festa, meus pais não me deixaram ir, claro.* — Tatá revirou os olhos, engolia em seco às vezes, o que transparecia o quanto era difícil falar a respeito, mas jogou o cabelo para trás do ombro em um gesto que achei gracioso, me arrancando um sorriso triste, compreensivo, e continuou. — *No dia seguinte, ela contou para as amigas que os dois tinham transado, e eu só fiquei sabendo que essa história estava rolando no colégio, porque o irmão da Tininha, que tinha a mesma idade do Vi, me contou. Acontece, que a história chegou aos ouvidos dos professores, e logo os pais dela ficaram sabendo. A saída que a garota encontrou, foi dizer que meu irmão a forçou.*

— Não acredito! — Fiquei boquiaberto ao ouvir isso e tampei a boca para conter os xingamentos que desejei soltar.

— *Pois é.* — Talita demorou alguns segundos, parecia engolir o choro, e quando voltou a falar, sua voz estava trêmula. — *Ele enfrentou muitas coisas difíceis. O irmão da menina juntou alguns amigos e o cercaram na rua, bateram tanto nele que precisou fazer uma cirurgia no maxilar.*

— Imagino como seus pais devem ter ficado.

— *Ficaram arrasados, mas isso não foi a pior parte. Os amigos de Victor o defenderam no começo, mas com o passar dos dias, e as reprimendas das pessoas, passaram a se omitir. Preferiram não se meter. Como Victor era menor, e os exames dela não provaram violência, ficou a palavra dele contra a dela. As pessoas foram cruéis.* — Ergueu a mão para secar uma lágrima, e confessou. — *Mas acho que eu fui a pior de todas.*

— Como assim?

Quando olhou para mim, seus olhos vermelhos estavam marejados, e algumas lágrimas escorreram, fazendo com que meu corpo esquentasse e um desejo enorme de abraçá-la e confortá-la surgisse em meu peito.

— *Meus pais e eu íamos viajar para a capital, na casa da minha avó, e Victor não quis ir. Minutos antes de partirmos, nós dois brigamos por causa de ele ter usado meus fones de ouvido. Eu falei uma coisa...* — Soltou um soluço e escondeu o rosto nas mãos, chorando por algum tempo.

— Não precisa continuar, Tatá, vamos mudar de assunto.

— *Não, eu quero falar.* — Ergueu os olhos para mim. Eu podia ver a dor expressa por eles. — *Falei que se ele respeitasse as mulheres, não estaria passando por aquilo.*

Tentei não expressar meu choque. Realmente ela pegou pesado, mas tinha apenas doze anos. Eu tinha certeza de que se arrependia o bastante, não precisava que eu ou ninguém jogasse mais peso sobre seus ombros.

— Você não quis magoá-lo, foi uma briga entre irmãos.

— *Eu... eu... não tive chance de pedir desculpas. Ele ingeriu muitos remédios fortes, nunca soubemos onde os conseguiu. E não havia ninguém durante o final de semana inteiro para encontrá-lo e socorrê-lo.* — Um soluço alto a interrompeu antes de concluir. — *Não chegamos a tempo.*

Talita continuou contando o que houve, e foi terrível saber a que ponto seu irmão chegou. Mas de forma inexplicável, eu conseguia entender e, quase sentir, a tormenta que o levou a este extremo. É como um demônio cochichando em nosso ouvido, repetindo nossos erros, nossas falhas, expondo como as pessoas nos veem, o quanto somos pesados e nossa inutilidade. Eu sabia tudo pelo que Victor passou, e desejei chorar por Talita, pela culpa que a assolava. Também podia compreender esse tipo de dor, pois havia essa mesma sensação aterradora de culpa me atormentando dia e noite.

— Não foi culpa sua, Tatá.

— *Não sei se acredito nisso.*

— Não foi — repeti com veemência, desesperado para que ela acreditasse. Que não se entregasse a esse sentimento angustiante que massacra a alma da gente. — Ele teria feito de qualquer jeito. Se tinha arrumado os remédios, já planejava isso. Não teve a ver com o que você falou.

Ela secou o rosto com a mão e ficou olhando para mim, reflexiva, mas ergueu um ombro e comentou:

— *Ainda assim... foi a última coisa que falei para ele, antes de sair atrás dos meus pais.* — Fechou os olhos e balançou a cabeça para os lados. — *Queria tanto outra oportunidade para voltar atrás, pedir perdão, dizer que acreditava nele, que não desrespeitou aquela idiota.*

— Eu tenho certeza de que esse sentimento fez de você uma pessoa melhor. Mas também acredito que seu irmão sabia disso. Ele sabia que você estava brava e falou da boca pra fora. Sei que não ajuda, nem muda os fatos, mas duvido que você diga algo sem pensar novamente.

Talita riu. Não uma risada divertida, leve, mas um riso escapou ao dizer entre as lágrimas.

— *Não sei se aprendi muito bem.*

Naquela noite, depois da árdua preparação para dormir, exausto, deixei meu corpo cair sobre o colchão e fiquei olhando o teto, sem conseguir tirar Talita da cabeça. Sem dúvida alguma, aquele sentimento que a corroía, era um dos piores que o ser humano poderia experimentar. Era horrível sentir que podia ter feito diferente, que devia ter feito algo, que podia ter mudado o destino de outra pessoa.

Eu vivia isso, e não desejava para Tatá essa angústia. Ela não merecia.

NICKOLAS

Minha mãe estava diante do espelho em seu quarto, se arrumando para o trabalho. Usava a camisa do uniforme, mas caprichava no cabelo louro, bem escovado e na maquiagem. Desceria para a lanchonete em alguns minutos. Parei a cadeira em frente a porta e hesitei, ainda em dúvida sobre o que pretendia dizer.

Olhou de soslaio na minha direção, colocava o brinco, e sorriu.

— Oi, Nick.

— Oi.

— Você se importa de comer um hamburguer na hora do almoço? Eu perdi a hora fazendo aquele curso de contabilidade online, e não deu tempo de preparar nada decente.

— Tudo bem, não tem problema.

Eu ainda cogitava se deveria ou não falar, e minha mãe notou algo estranho, pois me olhou com a testa franzida.

— Aconteceu alguma coisa? Quer falar algo?

— Sim. — Não tinha, necessariamente certeza, mas decidi. — Quero marcar as novas fisioterapias. E... voltar com as sessões com a doutora Letícia.

Acho que era a última coisa que minha mãe imaginava ouvir naquele dia, pois abriu o sorriso mais largo que a vi expressar no último ano. E ela sorria bastante, embora eu soubesse o quanto se esforçava. Naquele momento parecia extremamente feliz. Até me senti bem por ser a causa de uma reação tão boa.

— Claro, isso vai ser ótimo. Vou ligar na clínica agora mesmo. Você prefere na parte da manhã, ou a tarde? Aqueles exercícios na piscina são excelentes, acho que o fisioterapeuta disse que você evoluiu muito quando fez. — Tagarelava sem conseguir se conter, e andava pelo quarto. Pegou a caderneta na gaveta da mesa de cabeceira, depois atravessou o cômodo para pegar o celular sobre a cômoda, e gesticulava exibindo os dentes.

Ainda que eu não estivesse muito confiante, fiquei feliz por ter animado seu dia. Minha mãe não teve nem tempo para sofrer seu luto por meu pai, pois precisou "acampar" no hospital com o filho inconsciente. E, até então, ainda enfrentava lutas pesadas para me ajudar, pois uma pessoa que nasce sem a possibilidade de usar as pernas, com alguma defasagem, aprende cedo a se virar e cria novas capacidades que suprirão aquela falta. Eu ainda era um bebê nesse quesito. Ainda caía da cadeira com frequência, não tinha força nos braços, nem agilidade para me locomover em nossa casa, mesmo depois das adaptações que foram feitas.

— Mãe... — Chamei, interrompendo as muitas coisas que ela dizia, eufórica. E quando se voltou para mim, falei com toda a força do meu coração. — Eu te amo.

Seus olhos brilharam e, rapidamente se encheram de lágrimas. Tocou o peito com a mão direita, a mesma com que segurava a caderneta, e se aproximou, beijando minha testa e tocando a bochecha na minha.

— Também te amo. Muito. Você não tem ideia do quanto. — E me encarando, prosseguiu. — Obrigada por decidir tentar, meu filho.

Assenti. Ainda sentia a garganta fechada, estava difícil engolir a saliva, e meus olhos também se embaçaram devido às lágrimas, mas apenas meneei com a cabeça, e girei as rodas para trás, me afastando para voltar ao meu quarto.

A cada tentativa, e a cada falha, o desejo de desistir aumentava gradativamente. Eu não sentia dores no começo dos exercícios, e na piscina até achava divertido. Mas com o tempo, tudo começava a doer muito. E acredito que a tensão, o medo de falhar, de nunca conseguir resultado, gerava aqueles calos nas musculaturas dos ombros, que me levavam a exaustão.

Michel, meu fisioterapeuta, indicado pelo doutor Vasques, que foi quem me operou, percebeu minha fisionomia estressada. Tocou meu ombro e afirmou com firmeza.

— É assim pra todo mundo. Não fique ansioso querendo resultados rápidos, não importa o tempo que leve, vai funcionar.

— Como você pode ter certeza disso?

— Seus exames mostram que sua saúde está perfeita, fisicamente você não tem nada que te impeça de sair correndo por aí, então... só vamos continuar fazendo isso, até você acreditar que pode. Ok?

Comprimi os lábios tentando reter o desejo de chorar. Michel era gente boa, mas eu tinha tanta vontade de socar a cara dele quando aquelas dores começavam e ele continuava insistindo para que eu forçasse mais.

Que cara chato! — pensava irritado. Doido pra mandá-lo se foder e outras coisas mais.

Claro que essa malevolência durava o mesmo tempo da fisioterapia, assim que ele dizia: *Podemos parar por hoje.* Toda raiva passava, e ele se tornava o cara de quem eu mais gostava.

Uma das razões para eu ter desistido das fisioterapias, era a sensação de pânico que começava a brotar no peito depois de várias sessões, sem nenhum resultado. E era nisso que eu pensava, sentado na recepção do consultório da doutora Letícia, esperando para mais uma consulta.

Desde que falei com minha mãe, foram quatro sessões de fisioterapia e duas com a psicóloga. E, mais uma vez, eu pensava em parar com aquela merda. Preferia, mil vezes, estar no quarto, falando com a Tatá sobre algum filme idiota. Se arrependimento matasse...

Minha mãe tinha ido buscar água, e entrou na recepção com um largo sorriso. Pelo menos um de nós estava feliz. Entregou o copo para mim e se sentou na cadeira ao lado de onde a minha estava encostada.

— Como está se sentindo? — perguntou, pela milionésima vez no dia, e meneei a cabeça positivamente, suspirando, tentando, com todas as forças, não gritar. Notando meu mau humor, ela tocou minha coxa, perto do joelho, e apertou. — Se anima, filho, que em breve, vai estar de pé. Eu tenho fé, você também tem que ter.

Ela não parou de falar, mas parei de ouvir quando senti o toque dela na minha perna. Olhei para sua mão e arregalei os olhos, mas ela explanava olhando para o balcão da recepcionista, e não notou o susto que levei.

Com medo de ter imaginado coisas, não falei nada.

Contei apenas para a doutora Letícia, e a questionei se podia ter sido fruto da minha imaginação. Ela bateu a caneta no caderno e sorriu.

— Na verdade, acredito que seja o contrário. Que a dormência que vem sentindo, é que seja fruto da sua mente. Já falamos a respeito. — Inclinou a cabeça de lado e sorriu. — Fico feliz que tenha sentido algo, isso é um progresso, Nickolas, acredite.

Sorri animado e confiante. Nessas horas era difícil manter os olhos secos.

Precisava admitir que Talita era responsável por eu desejar voltar a ser inteiro. E em uma noite, enquanto jantava, minha mãe subiu em casa para guardar o dinheiro que trazia da lanchonete e passou por mim na sala de jantar.

— A comida está boa?

— Sim. — Falei, agradecido. — Obrigado, mãe.

Ela ficou parada me olhando, e arqueei a sobrancelha interrogativo, então ela puxou uma cadeira e se sentou ao meu lado.

— Eu estava pensando em fazer um bolinho no seu aniversário, o que acha?

Dei de ombros.

— Sabe que gosto do seu bolo de maracujá, podia fazer todos os dias, se quisesse.

Bateu de leve no meu ombro e riu.

— Estou falando sério, Nick. Pensei em convidar a Tatá para vir aqui, e...

— Não! — Encarei minha mãe com firmeza, para que entendesse que essa não era uma opção, mas ela insistiu.

— Filho, ela é sua amiga, gosta muito de você. Não tem razão alguma para manter essa distância, e acho que ela vai ficar tão feliz.

— Mãe, eu não quero que ela me veja assim. — Meu rosto queimava, só de imaginar o olhar de pena dela sobre mim. Meu corpo começou a tremer.

— Precisa saber que tipo de garota ela é, Nick. — Notei o tom da minha mãe mudar. Foi veemente. — Você tomou uma atitude por aquela menina, neta da dona Jô. Deus sabe que não estou jogando na sua cara, me entenda, mas o que quero dizer é: Você precisa tomar atitudes por quem merece. Talita merece que você reaja, seja corajoso, faça algo. Então deixa de ser covarde e enfrente isso. Se ela realmente gostar de você, ficará ao seu lado, caso contrário, está perdendo seu tempo com ela, todos os dias, trancado em seu quarto. E mais, a está fazendo perder tempo também.

Só depois que ela arrastou a cadeira, se levantou e saiu batendo os pés para o corredor, foi que notei meu maxilar travado.

E ela tinha razão.

TALITA

Soube por Ângela que o Nick estava persistente na fisioterapia e consultas com a psicóloga. Fiquei muito feliz, mas para ser honesta, desejava poder acompanhá-lo, e era uma pena que me escondesse a verdade. Muitas vezes, quase deixei escapar durante nossas conversas, que sabia de tudo.

Demorei decidir se devia contar aos meus pais, temia que eles comentassem algo, quando, esporadicamente, conversavam com Nick em nossas ligações. Minha mãe sempre teve a língua um pouco solta.

Mas naquela noite, durante o jantar, ela levantou uma questão quando meu pai perguntou sobre Nickolas.

— Vocês realmente nunca se encontraram pessoalmente? — Olha desconfiada para mim e fiquei contente por não precisar mentir.

— Não — respondi e enfiei uma garfada generosa na boca.

— Ele nunca sugeriu que se encontrassem? Não que eu faça questão... — olhou para meu pai rindo e se voltou para mim. — Acho ótimo que mantenham essa amizade à distância, mas...

— Ele não quer me encontrar pessoalmente — a interrompi, revirando a comida com o garfo.

Meu pai se inclinou um pouco para a frente.

— Nickolas disse isso?

Não sei o que se passava na cabeça deles, mas meu o modo como me olhavam, me fez pensar que não acreditavam em mim. Ou, talvez, só talvez, estivessem preocupados de eu me sentir rejeitada. Tenho certeza de que sabiam o quanto eu gostava de Nick.

— Combinamos que não haveria encontros, lembram?

— Sim. — Minha mãe comentou. — Mas os jovens mudam de ideia o tempo inteiro. Talita, só não quero que faça isso escondido de nós. Você passa horas conversando com esse rapaz, sabemos que tem afinidade com ele, mas não quero que fique se encontrando escondido.

— Exatamente. — Meu pai concordou. — Combinamos de não haver segredos entre nós.

Minha mãe se ajeitou na cadeira e aspirou o ar profundamente. Seu olhar se perdeu em algum ponto da mesa.

— Pois é, gostei muito dele, não quero me decepcionar ao descobrir que...

E mais uma vez a interrompi.

— Nick é cadeirante, mas não quer que eu saiba. — Os dois se calaram e ficaram me olhando com seus garfos no ar, seria até engraçado, se o assunto não fosse trágico. Então, continuei. — Descobri pela mãe dele, mas Ângela pediu segredo. Quer deixar que ele me conte quando se sentir seguro.

— Poxa. — Minha mãe ficou arrasada e isso foi tudo o que conseguiu dizer antes de emudecer.

Meu pai engoliu em seco e voltou-se para o prato, mas largou o garfo e ficou encarando o bife, em completo silêncio. Eu imaginava tantas coisas que podiam se passar pela cabeça deles. Uma delas, era que, provavelmente preferiam Victor em uma cadeira, conosco, do que não o ter mais.

— Mas a boa notícia... — recomecei. — É que os médicos acreditam que seja algo psicológico, pois ele não apresenta nada fisicamente, que justifique a paralisia das pernas.

— E quanto tempo tem que ele está assim? — Meu pai questionou e comecei a relatar tudo o que a mãe de Nick contou quando Tininha e eu fomos à lanchonete.

Ficamos em silêncio depois que eu terminei, acho que nenhum dos dois tinha o que dizer, e não havia nada que pudessem fazer, apenas torcer para que Nick superasse essa fase.

Voltei para meu quarto chateada. Sempre que pensava ou falava a respeito, me sentia indignada por ele manter esse segredo e não se abrir comigo. Queria que Nick confiasse em mim, e por mais que eu buscasse entender o lado dele, às vezes ainda sentia raiva.

Quando peguei o celular para verificar as mensagens, algo que eu fazia com o foco totalmente voltado para Nickolas, prendi o ar ao ler:

Nick:

"Vc aceitaria um convite p vir no meu aniversário dia 18?"

Achei que meu coração saltaria pela boca, ou pararia de vez, meus batimentos não estavam corretos. Respondi com tanta pressa, que parecia temer uma súbita mudança de ideia.

Eu:

"Claro, vou amar."

Após alguns segundos, chegou outra mensagem.

Nick:

"Então, tá convidada
vou mandar o endereço
Por favor, não traga presentes."

Sorri e abracei o celular sem conseguir conter a euforia que aquela notícia me causou, nem desmanchar a cara de abobalhada que eu via pelo espelho sobre a cômoda.

Tomei um susto ao ver que o endereço era o mesmo da lanchonete. Estive tão perto e não sabia!

Nunca esperei tanto uma data, como ansiei por dia 18 de dezembro.

Finalmente o dia chegou. Meus pais não só concordaram que eu fosse, como me levaram, e quando Ângela desceu para me receber, depois das apresentações e cumprimentos, insistiu para que eles entrassem também.

— Tenho certeza de que o Nick vai adorar conhecer vocês — garantiu, mas meu pai retrucou reticente.

— Ele ainda nem sabe que a Talita está ciente da situação dele, não sei se vai gostar de nos ver.

Mas Ângela estalou a língua e enlaçou o braço da minha mãe.

— Não se preocupem. Nick está amadurecido quanto a isso, por incrível que pareça. Talita entrar na vida dele, foi um milagre.

Ouvir aquilo me fez bem, e a meus pais também, pois aceitaram o convite exibindo sorrisos animados.

Ao subirmos a escada, tentei controlar meu nervosismo e ansiedade para não rasgar o embrulho do presente que meu pai comprou. Nick ficaria bravo, mas esperava que gostasse. Ângela andava na frente e meus pais atrás de mim. Eu só torcia para que as pernas não falhassem e me sustentassem até o final da escada.

Entramos por uma porta grande e bonita, de madeira escura. Ângela a segurou para que passássemos e apontou a sala à esquerda, onde havia três enormes sofás aconchegantes.

— Fiquem à vontade, vou avisá-lo de que chegaram. — Seu sorriso ia de um canto a outro, estava tão feliz com a nossa presença, que contagiava a todos nós.

Meus pais se sentaram, mas eu estava nervosa demais para isso. Cruzei os braços e fiquei de pé, perto da mesa de centro.

— Senta, Talita. — Minha mãe disse baixinho, mas balancei a cabeça, rindo de nervoso. Só notei que sacudia a perna quando meu pai segurou meu joelho. Todos rimos baixo e tentei controlar isso também.

Alguns minutos, que pareceram longos demais, se arrastaram, e finalmente ouvi a voz de Ângela se aproximar pelo corredor.

— *Acho que na sala de jantar vamos ficar mais confortáveis.*

— *Tanto faz, mãe. — A voz de Nick pessoalmente fez meu pulmão falhar.*

A cadeira de rodas apareceu primeiro, e eu ainda não conseguia respirar. Nickolas era lindo pela câmera, e conseguia ser ainda mais lindo, pessoalmente. Usava o cabelo molhado, jogado de lado, uma jaqueta de couro preta sobre uma camiseta branca, e calça jeans clara, com rasgos pelas pernas.

— Oi, Tatá. — Sua voz ao vivo era ainda mais, enlouquecedoramente, linda. Eu pensava que desmaiaria se dissesse algo mais. Acho que a presença dos meus pais é que me mantiveram um pouquinho controlada.

Notei o receio dele, só então me lembrei de que Nick não sabia que eu já conhecia sua situação.

— Oi. — Sorri, buscando ser o mais natural possível, e me aproximei, morrendo de vergonha, temendo que ele não gostasse do vestido que escolhi e, levemente arrependida por ter escolhido o verde com flores brancas e vermelhas. — Feliz aniversário.

Estiquei o presente e ele franziu a testa.

— Falei que não precisava trazer presente. — Pegou o embrulho, e me inclinei, beijando-o no rosto.

Seu perfume era refrescante e inebriante, precisei me controlar para não o abraçar e me perder em seus braços. Eu dormiria fácil, aspirando aquela essência. Demorei mais do que devia para me afastar, pois precisei me esforçar muito para isso.

Meus pais se levantaram e Nick os olhou com o mesmo sorriso simpático.

— Que legal que vieram.

E Ângela comentou entusiasmada como uma adolescente.

— Não falei que ele ia gostar?

TALITA

Estava tão feliz, que me sentia como se vivesse um sonho. Desejei muito estar perto dele, e não conseguia acreditar que era real, que estava acontecendo. Pensando bem, nem demorou tanto, mas cheguei a acreditar que jamais aconteceria. Nos minutos seguintes, fiquei olhando todos se cumprimentarem, e depois apontei o embrulho sobre suas pernas.

— Abre o presente. — E admiti, apontando para trás. — Foi meu pai quem comprou.

Nickolas abriu o embrulho balançando a cabeça para os lados, constrangido. Suas bochechas estavam levemente ruborizadas, e isso o deixou ainda mais fofo.

— Não precisava comprar nada, eu te avisei. — E, ainda desembrulhando o pacote, ergueu o sorriso para mim, fazendo com que meu coração palpitasse de leve. Quando viu o aparelho Alexa, arregalou os olhos e riu. — Caramba, isso é muito útil.

Todos rimos e Ângela pegou o aparelho para olhar.

— Acho que vou usar também.

— Não vai, não. — Nick avisou olhando-a sério, e mais uma vez rimos de seu tom divertido.

— Vamos nos sentar na outra sala. — Ângela convidou meus pais, e os dois a seguiram. Como Nick não se moveu, entendi que estavam nos dando um tempo sozinhos. Gostei disso.

Depois de alguns minutos, ele apontou o sofá.

— Senta aí, pra ficar na mesma altura que eu. — Riu divertido e fiquei feliz que estivesse levando a situação tão bem.

A poltrona era confortável, mas me sentei na ponta e apoiei os cotovelos no apoio de braço esquerdo, ficando um pouco de frente para ele.

— Nem acredito que estou aqui. Obrigada por me convidar.

Nick assentiu, e olhou para as pernas.

— Você não precisa fingir que isso não te surpreendeu.

Não podia falar que sua mãe havia me contado, não antes que Ângela me autorizasse, então ergui o ombro, como fazia sempre que algo não tinha importância.

— Por que você não me contou?

Seus lábios se moveram de um lado para outro, e encolheu o nariz em uma careta engraçada.

— Sei lá, acho que gostava de ter alguém para conversar, que não sabia sobre isso. Ser tratado como alguém normal, era...

— Isso não faz de você anormal, Nick.

— O que eu quis dizer, é que, era bom saber que você estava falando comigo por gostar de mim, e não por pena.

Assenti.

— Então me conta... quanto mudou, depois do acidente?

Claro que aquela era uma pergunta idiota, eu imaginava que tudo havia mudado, se tornado mais difícil e pesado, mas queria que ele me contasse sobre a fisioterapia.

— Minha casa sofreu uma grande reforma. — Apontou as portas largas. Primeiro a da entrada, depois do corredor. — E meus banhos... — Riu e sacudiu a cabeça. — Tudo mudou pra caralho.

— Você faz fisioterapia?

— Sim. Voltei a fazer há duas semanas, de segunda a sexta.

— Que bacana! E... será que eu posso ir com você? — Perguntei, notando a surpresa arquear suas sobrancelhas.

— Por quê?

Eu tinha esse desejo há algum tempo, mas para ele, eu tinha acabado de ficar sabendo sobre a fisioterapia. Fui apressada demais em me auto convidar, mas já que o tinha feito, manteria.

— Curiosidade.

— É muito chato, Tatá, você não vai querer perder seu tempo com isso. E eu fico insuportável, acho que até a água sairia correndo da piscina se pudesse.

Gargalhei, e ao ouvir o som gostoso da risada dele, ri ainda mais.

— Mas eu quero ir. E vou levar bolinhas de tênis pra lançar em você, sempre que ficar insuportável.

— Vai me encher de hematomas.

E gargalhamos mais.

Nick se abriu totalmente, conversamos sobre as consultas com a psicóloga, e me contou que podia voltar a andar. E em determinado momento, tocou minha mão sobre o apoio do sofá, fazendo com que cada célula se manifestasse em meu corpo. Fiquei sem ar, sem fala, sem reação, e acho que ele também sentiu aquela química, aquela eletricidade louca percorrer por aquele pequeno contato, pois me olhou sério e entrelaçou nossos dedos.

— Estou muito feliz que esteja aqui.

Antes que meu sorriso se desfizesse e eu conseguisse responder, ou derretesse pelo chão da sala, sua mãe surgiu na porta e afastamos as mãos como se estivéssemos cometendo algum crime.

— Meninos, venham comer, eu fiz um empadão de revirar os olhos.

Com certeza, eu estava com as bochechas muito vermelhas, pois o rosto queimava e aquele clima tenso em nossa volta me deixou extremamente constrangida. E sem saber o que dizer, me levantei perguntando:

— Posso empurrar a cadeira? Eu sempre quis empurrar uma cadeira de rodas.

E como se aquela fosse a coisa mais estranha que ouviu na vida, Nick gargalhou franzindo a testa.

— Sério? Tantas coisas para desejar e você quer empurrar uma cadeira de rodas?

— Ah, cala a boca.

Ele virou a cadeira, ainda rindo, e o empurrei atrás de sua mãe até a sala de jantar. Sua casa era linda, os cômodos grandes e as portas eram todas largas. Não havia ressaltos, nem escadas. A decoração clara, e as janelas amplas, deixavam o ambiente leve e arejado.

A noite foi mais agradável do que imaginei, o bolo que Ângela serviu, estava ainda mais gostoso que o empadão. E depois de estarmos satisfeitos, a mãe de Nick convidou meus pais para conhecerem a casa.

— Ai, que cabeça a minha, era para ter feito isso quando chegaram, me desculpem a indelicadeza.

— Imagina, não precisa se preocupar. — Minha mãe argumentou ao se levantar, mas tenho certeza de que estava ansiosa para vasculhar o ambiente.

O banheiro fora totalmente adaptado para Nick acessar com maior facilidade, assim como seu quarto, que tinha barras de ferro perto da cama.

Depois de conhecer toda a casa, nossos pais pararam no corredor conversando e Nick indicou com a cabeça a direção da sala da frente.

— Me empurra até a varanda?

— Oba. — Falei empolgada, e ele riu.

Deixamos os adultos conversando, e corri pelo corredor empurrando-o. Atravessando a sala, havia uma enorme varanda, e deixei a cadeira ao lado de uma poltrona feita de madeira e almofadas coloridas, onde me acomodei.

— Sua mãe é uma confeiteira de mão cheia.

— E ela vai mandar um pedaço enorme de bolo pra você comer em casa — garantiu e eu arregalei os olhos.

— Jura?

Nick riu.

— Gostou da casa?

— Sim, sua casa é linda. E eu já passei aqui em frente tantas vezes. — Apontei a rua. Era centro da cidade, eu tinha passado por ali a vida inteira. — Sempre moraram aqui?

Assentiu, me encarando com um sorriso encantador.

— Desde que nasci. Meu pai herdou a lanchonete do pai dele e resolveu construir em cima pra gente ficar sempre junto. — Comprimiu os lábios, mas em seguida abriu um largo sorriso, como se para espantar a recordação triste.

Nick era ainda mais gentil e divertido do que costumava ser pela internet. Acho que se expor tirou um peso de seus ombros. Mentir para alguém que gosta não faz bem a ninguém, e percebi isso na mudança que testemunhei em meu amigo.

Conversamos por longas horas, meus pais não tiveram pressa em partir, e acredito que tenham percebido o quanto Ângela também precisava de alguém para desabafar.

E quando, tarde da noite, chegou a hora de irmos embora, avisei, depois de beijar o rosto de Nick e aspirar um pouco mais daquele perfume delicioso.

— Segunda-feira eu vou com você na fisio, viu?

— Tem certeza? — não pareceu feliz, ficou sério e esfregou as pernas com as mãos em um gesto nervoso.

— Nick, se achar que minha presença vai atrapalhar, eu vou entender... mas quero muito ir.

— Tá... tudo bem. — Ainda parecia receoso, mas sorriu ao final.

NICKOLAS

Depois que saíram, fiquei na sala, agarrado em minha cadeira de rodas. Queria descer com a Talita até o carro, mas não podia.

Quando minha mãe voltou, fechou a porta sorrindo, exageradamente animada.

— E, então, o que achou?

Meneei com a cabeça, chateado por não ter acompanhando-os até a rua, mas feliz com todo o resto.

— Ela é linda, não é, mãe? — Meu rosto queimou conforme a pergunta saía por minha boca.

— Sim, muito. E os pais dela são uns amores.

— Verdade.

Recebi um beijo na cabeça e, me perguntou, antes de sair da sala.

— Quer que o ajude no banho?

— Não... pode deixar que consigo.

Ela sorriu, eu vinha me virando sozinho há alguns dias, e embora fosse muito difícil e doloroso, sentia que a cada dia ficava mais fácil.

Talita e eu conversamos durante o final de semana sobre várias coisas, dessa vez, não me escondi atrás dos livros, falei muito sobre mim, contei como fui parar na cadeira de rodas e meu pai em um cemitério, e como me senti depois do acidente. Talita era ótima ouvinte, e a cada desabafo que eu fazia, me sentia melhor.

Na segunda-feira, assim que minha mãe estacionou na frente da clínica de reabilitação, avistei Talita vestida com uma calça jeans, blusinha rosa e mochila nas costas. Correu até o carro e abriu a porta do meu lado, enquanto minha mãe a cumprimentava.

— Oi, meu amor, como foi seu final de semana? — Caminhando até o porta-malas para pegar a cadeira de rodas.

— Foi ótimo, graças ao bolo de maracujá com chocolate delicioso que a senhora fez.

Minha mãe gargalhou um pouco tímida, fingia que não, mas adorava um elogio. E Talita sorriu para mim, sem a mínima noção do poder que aquele sorriso tinha de melhorar o meu dia.

Geralmente eu usava muletas, embora fosse bem difícil me equilibrar, mas acordei com dores nas costas e achei melhor levar a cadeira. Joguei as pernas para fora, ainda nervoso com a presença da Tatá.

— Pra ser sincero, não queria que você visse isso. — Me referia à minha mãe me ajudar a passar do carro para a cadeira. E a resposta dela me pegou de surpresa.

— Então, entrega tudo de si nessa fisio, e volte a andar, garoto. — Sorria intimidadora e, não pude deixar de rir.

— Isso aí. — Minha mãe endossou. — Pega no pé dele, Tatá.

Se eu estava surpreso com o fato de Talita fazer questão de me acompanhar à fisioterapia, fiquei ainda mais quando ela sumiu e voltou do vestiário feminino usando um maiô preto, com o cabelo preso em um rabo de cavalo. E ao notar meu olhar perplexo, explicou, apontando Michel, que vinha em nossa direção, do outro lado da piscina.

— Ele falou que posso entrar com você na água.

Cara, eu quis chorar, juro, fiquei emocionado de verdade, mas ao invés disso, ri e virei de costas, para esconder os olhos vermelhos e marejados.

Foi a melhor sessão de todas as que fiz até então, Talita tornava tudo engraçado e leve. Eu até senti dores, pois ela era ainda mais exigente do que Michel, mas em nenhum momento tive o desejo de afogá-la como acontecia quando era ele me cobrando. E Talita era muito brava.

— Eu ainda sou frouxo, deixo ele descansar. — Meu fisioterapeuta comentou, quando ela bateu palmas, mandando eu continuar a contagem de passos. Nós dois rimos e passei a mão na água, jogando um jato nela.

— Ahhh, ei... é assim? — Talita encheu a mão e jogou em mim.

Na caixa de som, tocava música, e quando começou a tocar Trevo (tu), de Anavitória, Talita começou a cantar e dançar com os braços abertos, girando na piscina. Paralisei olhando-a por alguns segundos, acho que não conseguiria desfazer aquele sorriso em meus lábios, se não tivesse desviado a atenção, um breve instante, e me deparado com Michel rindo de mim.

— Tu, que tem esse abraço casa, se decidir bater asa, me leva contigo pra passear, eu juro, afeto e paz não vão te faltar. — Ela cantou olhando para mim, e acho que senti fisgadas nas pernas. Quase fui capaz de correr até ela, só para abraçá-la como dizia a letra da música.

Aquela sessão poderia ter durado o tempo que fosse, eu suportaria fácil.

Nos dias seguintes, passeamos em vários lugares. Combinamos de nos sentar em todas as praças da cidade, até nas que ficavam nos bairros mais afastados. Algumas vezes, eu levava a muleta e Talita me forçava a ensaiar alguns passos.

Nem sempre era fácil ou divertido. Havia dias em que eu me sentia muito mal. Em outros dias, eu simplesmente me recusava a falar com ela, temendo magoá-la com palavras pesadas e duras que eu sabia que não conseguiria conter.

Nos dias bons, visitávamos estabelecimentos diversos, sorveterias, restaurantes, cinemas, shopping e em vários desses passeios, Tininha e seu namorado nos acompanharam. Eu gostei deles no primeiro encontro.

Talita tinha o poder de me fazer acreditar, e perto dela eu me sentia bem comigo mesmo. Chegava a pensar que seria capaz de me adaptar naquela cadeira, se preciso fosse. Eu não pensava mais em desistir, mas em prosseguir, de um jeito ou de outro.

Dezembro terminou, naquela noite seria reveillon e Felipe, namorado de Tininha, nos convidou para uma festa na casa dele. Estávamos no estacionamento do shopping esperando as meninas. Tininha esqueceu a bolsa em uma das lojas e as duas saíram correndo como loucas para buscar.

— Ah, sei lá. — Eu não tinha estado em festas com outros jovens da minha idade depois do acidente. — Não sei se é boa ideia.

— Ah, cara, a festa vai ser em uma área que tem nos fundos da minha casa, o espaço é grande, você vai se sentir confortável. — Ele se referia ao fato de eu não me sentir espremido na cadeira, e assenti rindo, agradecido.

— Vou pensar, mas valeu pelo convite.

O Uber que chamamos parou ao nosso lado, e Felipe me ajudou a sentar no banco do passageiro.

— Deixa que guardo a cadeira. — O dono do carro avisou dando a volta pela frente do veículo, e esse era o tipo de situação pela qual preferia ficar no meu quarto. Odiava incomodar as pessoas, e me sentir tão vulnerável.

Quando as meninas chegaram, ofegavam por causa da corrida, e Talita sorriu para mim.

— Desculpa deixar vocês esperando.

— Não tem problema. — Pisquei um olho, gostando do tom vermelho que assumiu suas bochechas.

Os três se acomodaram atrás, e como em outras vezes, senti o toque dos dedos de Talita no ombro, ergui o braço e segurei sua mão, a beijei e mantive segura até chegarmos em casa.

Estava recente para pensar nisso, mas eu tinha muita vontade de beijá-la. Sentado em minha cama, olhava a janela ponderando sobre o quanto desejava pedir seu pai para namorá-la, mas não queria fazer isso até conseguir que minha cabeça fizesse minhas pernas funcionarem.

Temia que fosse nunca.

Quando ouvi a campainha, sabia que era Talita e, no impulso, senti a perna direita se mover. Foi muito sutil, mas causou uma certa euforia. Com as mãos, empurrei as pernas para o chão, e puxei a cadeira.

Enquanto eu fazia a difícil manobra para sair da cama, ouvi a voz dela.

— Nick!

— Aqui.

Ela abriu a porta, e seu sorriso invadiu o quarto com a mesma força com que sua voz invadia meus ouvidos, enchendo meu coração de paz e desejo de continuar. Animando meus dias, incentivando meus passos.

— Olha o que eu trouxe. — Ergueu um livro e li em voz alta.

— Antônimos?

— Sim. Ganhei de presente da minha tia. — Se sentou na cama e virou a cadeira de frente para ela. — Anima ler? É um romance juvenil que se passa na década de noventa.

Olhei da capa para ela e perguntei, realmente curioso.

— Acha que somos antônimos?

Talita sacudiu a cabeça negando.

— Pelo contrário, acho que somos parecidos demais. Mas o livro tem ótimos elogios, então, achei que seria legal lermos juntos. Faz um tempinho que não fazemos isso.

— Você não quer ir à festa do Felipe?

— Sua mãe convidou meus pais para virem pra cá.

— Eles estão aqui? — Eu não sabia disso e comecei a virar a cadeira para ir cumprimentá-los.

— Podemos ir depois da meia noite, meu pai disse que tudo bem. — Talita contou, me seguindo pelo corredor.

— Ok. — Parei de empurrar a cadeira para olhar as horas no celular que estava sobre minha perna. — São sete horas, teremos tempo para ler muitos capítulos.

Ela riu, e começou a empurrar a cadeira.

Seus pais e uma moça que eu não conhecia estavam na sala conversando com minha mãe. Ao me verem, seu pai se levantou.

— Olá, Nick, tudo bem?

— Boa noite, que legal terem vindo.

Eu estava tão feliz, que não conseguia me conter. Cumprimentei o senhor Renato, e depois de apertar a mão de dona Natália, ela me apresentou a moça ao seu lado.

— Essa é minha irmã, Nívia.

A tia de Talita era jovem, parecia ter um pouco mais de vinte anos, e estava séria, mas apertou minha mão e esboçou um sorriso de leve que me pareceu um pouco forçado. Talvez preferisse ter ido passar o reveillon em outro lugar.

— Tudo bem? — perguntou sem muito interesse na voz.

— Tudo sim, prazer.

O modo como me olhou gerou um certo mal-estar, mas a conversa encheu o ambiente, minha mãe avisou que serviria o jantar em breve e Talita me chamou para voltarmos ao quarto.

— Vamos ler?

Empurrou a cadeira de volta pelo corredor e se ofereceu como apoio para me ajudar a subir na cama.

— Não precisa. — Tentei não parecer rude, eu só não queria pesar meu corpo sobre ela para não a machucar, mas Talita estalou a língua.

— Deixa de ser chato e anda logo. Estou com pressa pra ler.

Eu gostava do jeito como ela falava comigo, era o mesmo jeito com que falava com Tininha ou Felipe. Não me tratava diferente por causa da minha condição. E nos acomodamos, um ao lado do outro. Talita pegou uma almofada e colocou sobre as pernas para apoiar o livro, e o abriu. Se eu soubesse o quanto era bom estar ao seu lado, não teria resistido tanto a encontrá-la pessoalmente.

Nas primeiras páginas, Tatá parou nas referências musicais e assoviei.

— Uau, esse livro me ganhou já na playlist.

Ela riu e assentiu, concordando.

— Aposto que você foi cativado por Tempo perdido.

— Não senhora, La bamba.

E mais ela riu.

Esses momentos se tornavam os meus preferidos, enquanto a olhava rir e passar as páginas com aquele sorriso que parecia ser impossível de desfazer, me perguntava se eu merecia tê-la conhecido. Talita parecia uma recompensa, e eu não me lembrava de nada que tivesse feito para ser digno dela.

TALITA

Eu ficaria satisfeita em passar a madrugada lendo com Nick em seu quarto, mas Tininha ligou insistindo que fossemos para a casa de Felipe. Minha tia Nívia concordou em nos levar. A irmã caçula da minha mãe, estava entediada na casa do Nickolas. Do mesmo jeito que não disfarçou seu tédio, também não disfarçou a empolgação ao saber que iríamos para outra festa.

Depois da meia noite, e dos abraços e cumprimentos, decidimos sair. Nickolas não quis levar a cadeira, achou que daria muito trabalho para entrar e sair do carro.

— Tem certeza? — Perguntei quando entrou na sala se equilibrando de forma desajeitada sobre as muletas.

— Sim.

Descer a escada era ainda mais complicado, Ângela estava acostumada, e o ajudou. Eu agia o mais naturalmente possível, tagarelando sobre assuntos aleatórios, me sentindo extremamente nervosa, temendo que ele ficasse constrangido na minha frente. E, notei, quando chegamos na calçada, que Nick não conseguia disfarçar o quanto estava incomodado com aquela situação.

Minha tia abriu a porta do passageiro e ele se sentou acomodando as muletas entre suas pernas. Depois me despedi de sua mãe.

— A festa deve durar até umas quatro horas — Avisei e ela olhou preocupada para Nickolas.

— Tudo bem, se ele não se importar de ficar até essa hora... — E, interrompendo-se, se voltou para mim surpresa. — Seus pais vão deixar você ficar?!

— Quando saio com minha tia, eles deixam sim. E não se preocupe, se ele quiser vir embora, trazemos ele, pode ficar tranquila. — Revirei os olhos e acrescentei. — Provavelmente serei eu a enjoar da festa bem antes. — A abracei e Ângela riu.

Então entrei no carro.

Assim que me sentei, toquei o ombro de Nick, e como ele sempre fazia, segurou minha mão, a beijou, e manteve nossos dedos unidos por todo o percurso. E como uma boba alegre, olhei para fora sorrindo, pois esse gesto era simples, mas sempre gelava minha barriga e me arrancava sorrisos.

Nívia é tagarela, por isso estranhei seu silêncio. Puxei assunto perguntando sobre a faculdade, mas apenas respondia e voltava a se calar. Eu desconfiei de que não estivesse namorando ninguém, pois, caso contrário, não estaria comemorando o reveillon conosco, mas achei melhor não tocar no assunto.

Não demoramos a chegar na casa de Felipe, havia algumas pessoas na calçada e não reconheci ninguém. Saltei do carro, e assim que abri a porta da frente, Nickolas perguntou, baixinho.

— Dá tempo de desistir?

Sorri e puxei suas muletas.

— Você vai se divertir, e quando quiser ir embora, é só falar.

Ele fechou um olho e fez careta.

— Tipo, agora?

Sem saber o quanto era brincadeira, soltei um riso alto.

— Não. Antes o senhor vai entrar e cumprimentar o Felipe, pelo menos.

Era de partir o coração ver o esforço que precisava fazer para se mover com as muletas, mas Michel, seu fisioterapeuta, disse que era importante que as usasse, e que quanto mais se envolvesse em situações nas quais precisava usar as pernas, maiores eram as chances de seus movimentos voltarem.

Se nem os médicos podiam explicar o que havia com Nick, eu não me desgastaria tentando entender. Tudo o que desejava era ajudá-lo da melhor forma possível.

Felipe saiu da casa e foi ao nosso encontro perguntando e abrindo os braços.

— Cara, cadê aquela cadeira maneira?

Nickolas riu.

— Decidi dar folga pra ela.

— Vamos lá nos fundos onde a galera está comendo e bebendo. Vocês não podem beber, né? — Felipe apertou a mão de Nívea, e ela ergueu as mãos.

— Cara, é reveillon, eu só vim pra beber.

— Mas você está dirigindo! — Nickolas pareceu assustado e ela gargalhou.

— Estou acostumada, queridinho, não esquenta.

Entramos por um corredor na lateral da casa, segurei a blusa de Nick e ele olhou para mim por cima do ombro, fiz um sinal para que esperasse e deixamos tia Nívia seguir com Felipe.

— Se ela beber, chamamos um Uber, não fica preocupado com isso, tá? — cochichei perto de seu ouvido.

Para minha surpresa, Nick, ainda apoiado na muleta, ergueu a mão esquerda e afastou meu cabelo, tocando meu rosto. Estava um pouco escuro naquele corredor, mas eu podia ver seus olhos iluminados pela claridade que escapava de uma das janelas da casa.

Senti o estômago gelar, e um arrepio gostoso percorrer meu corpo. Então ele murmurou com aquela voz deliciosa.

— No meio da confusão lá em casa, eu acabei não falando, mas quero te agradecer por fazer meus dias melhores. Começar o ano ao seu lado é tudo o que eu podia desejar pra hoje.

Eu não sabia lidar com aquela situação, toquei sua cintura por baixo da camisa jeans e agarrei a camiseta entre os dedos por medo de cair, tamanho o meu tremor. Notei quando se inclinou para aproximar os lábios dos meus. Meu coração estava pronto para escapar pela boca, minha respiração se tornou ofegante e fechei os olhos.

Mas antes que nossas bocas se unissem, uma voz nos interrompeu.

— E aí, Talita, ta de boa? — Marcos passava por nós, e quando o olhamos, não sei Nick, mas eu sentia um misto de constrangimento com irritação. Ao notar o clima que estragou, sorriu constrangido, olhou para as muletas sem qualquer discrição, e disse: — Desculpa aí, não queria atrapalhar o lance de vocês. — Esticou a mão na direção de Nickolas e os dois apertaram as mãos em um cumprimento — Sou Marcos, colega de turma da Tatazinha.

Tatazinha?! Ele estava de brincadeira? Nunca havia me chamado assim.

— Ah, sim, legal. — Nick não conseguiu esconder seu desconforto, e se empertigou, ajeitando-se sobre as muletas. — Sou o Nickolas, prazer.

— Prazer, cara. — Marcos ficou meneando com a cabeça, sorrindo feito um bobo, olhando de mim para Nick, de Nick para mim, até que apontou para os fundos. — Vou lá dentro, a gente se fala. Feliz ano novo, Tatá. — Esfregou a mão sobre minha cabeça e fechei os olhos, ajeitando o cabelo com uma imensa vontade de xingar vários nomes que se passaram por minha mente.

Depois que se afastou, Nick sorriu e esfregou o nariz.

— É, o cara é mesmo bonitão.

— Não é não, eu é que era cega.

— Isso quer dizer que não gosta mais dele? — O modo como me encarou era capaz de derrubar muralhas.

— Há muito tempo que não — garanti.

Deve ter sido alívio que vi no repuxar de lábios que Nick tentou conter antes de olhar para o chão e soltar o ar em uma lufada. Mas o clima estava destruído, e ao ouvir a voz de Tininha, desviei a atenção para o final do corredor, de onde ela vinha correndo em nossa direção.

— Ah, vocês vieram. Vamos lá atrás, gente. Estão com fome? — Falava e nos beijava. — Tem tanta comida, minha sogra é um pouco sem noção pra quantidade, fez arroz pra um batalhão.

Nick fez um gesto para que eu passasse em sua frente, e fez uma piada de mal gosto.

— Desculpe eu não poder segurar sua mão.

Balancei a cabeça e beijei sua bochecha.

— Estar comigo é suficiente. — E pisquei um olho. — Tá?

Ele sorriu e assentiu.

Podia não segurar minha mão, mas tinha meu coração todinho.

A noite foi agradável, a família de Felipe era divertida, e todos nos receberam super bem. Mas eu ainda notava o desconforto de Nick. Às vezes, nosso olhar se cruzava, e a maneira como me observava me fazia sorrir. Ele tinha um dom inegável, gerar sorrisos involuntários em mim mesmo calado.

Quando me sentei ao seu lado, perto da mesa de carnes, insistiu que eu fosse socializar, mas a verdade é que eu não queria ficar longe. Eu gostava de sua companhia mais do que poderia explicar.

— Eu quero ficar aqui com você. Não me quer por perto?

— Não é isso, só não quero que perca a festa por minha causa.

Inclinei o corpo e confidenciei.

— Eu só vim pra te obrigar a sair de casa, se não fosse por você, eu estaria lendo aquele livro até agora. Talvez já tivesse até terminado.

Nick sorriu, e meu peito se encheu de uma alegria impagável.

104

Tininha parou atrás de mim e senti sua mão em meu ombro quando se abaixou para falar no meu ouvido.

— Amiga, será que pode vir comigo um minutinho? Acho que aconteceu um acidente.

Torci a boca e avisei ao Nick ao me levantar.

— Vou socorrer a Tininha e já volto.

Ele assentiu e a segui, rindo ao ver que tinha uma blusa amarrada na cintura, que tirava totalmente a elegância de seu vestido prata, mas que escondia a possível mancha que acreditei ter ali. Coisas de meninas!

NICKOLAS

Observava aquelas pessoas sorrindo ao redor, e lembrava daqueles que um dia se denominaram meus amigos. Havia o Robson, um dos caras da minha turma no colégio, que vivia enfiado dentro da minha casa. Pelo menos, ele foi me visitar no hospital, ao contrário dos outros, que não se deram ao trabalho nem de ir à minha casa. Dênis, Fábio e Ítalo apenas enviaram mensagens de pêsames.

Eu era o cara que mais agitava a galera para sair, e sempre os levava para o clube, dando um jeito de que entrassem comigo, pois não eram sócios. Depois do acidente, e de saberem que eu não estava conseguindo caminhar, se limitaram a manter contato por aplicativos de mensagens, até que o assunto esgotou.

Mas Felipe parecia ser um cara bacana. O namorado de Tininha se aproximava de mim de vez em quando, perguntava se estava tudo bem, se eu havia comido, se queria beber algo. E em uma dessas vezes, perguntei se poderia usar seu banheiro.

— Claro, — apontou a porta da casa. — Depois da cozinha, tem um corredor, é a última porta do lado direito, antes da sala. As meninas devem estar no banheiro do quarto — Ficou me olhando, e posso apostar que estava sem jeito de perguntar se eu precisava de ajuda.

Sorri, depois que consegui me colocar de pé, e segui na direção que me indicou.

Usar banheiros sem as barras de ferro, era ainda mais difícil do que me locomover pelas ruas da cidade. Principalmente por eu estar há tanto tempo usando sanitários adaptados. Os de casa, da lanchonete, das clínicas que frequentava, eram todos preparados. E esse era um dos motivos que me desanimava de sair.

Mas acho que o pior mesmo, eram os olhares que as pessoas lançavam em minha direção. Havia um misto de pena com constrangimento, como se eu fosse um ser de outro planeta.

Um dos tios de Felipe, que saía da cozinha, não pareceu hesitar em oferecer ajuda.

— Precisa de ajuda, rapaz?

— Não, senhor, obrigado. — Sorri agradecido e passei por ele. Era exaustivo o esforço para manter o peso do meu corpo sobre as muletas, mas consegui alcançar o corredor.

Quando chegava perto da porta indicada por Felipe, ouvi a voz de Nívia. Ela parecia conversar com alguém na sala, e não foi difícil entender que o assunto era eu.

— (...)é um fofo, mas o que uma garota de dezesseis anos espera dc um cara assim? A Tatá é apaixonada pelo Marcos, não faço ideia do que se passa na cabeça dela pra inventar de trazer esse cara. Deve estar querendo fazer ciúmes no tapado do Marcos pra ver se ele se toca e dá um jeito de chegar ncla.

— Não acho que a Tatá seja dessas. — A voz era masculina, mas não reconheci. E Nívia rebateu.

— A Tatá só tem um jeitinho de boba, mas não é.

— Acho que ela vê um pouco do Victor nele. Você lembra quando Victor apanhou, que ficou bem machucado? Tatá tem essa mania de dar uma de enfermeira. — Não consegui identificar quem era o dono da voz, mas as palavras ditas faziam todo o sentido para mim.

— Só espero que ela não perca a oportunidade de ficar com o carinha que gosta, por causa dessa fase. E você tem razão, ela pode ter medo de que ele faça o mesmo que o Vitinho fez.

O sangue pulsava com tanta rapidez, que esquentou nas veias. Abri a porta do banheiro e entrei apressado, tentando não fazer mais barulho do que a porta já tinha feito ao bater contra a parede.

Minha garganta queimava e os olhos ardiam, era horrível segurar o desejo de chorar e eu me sentia um imbecil. Mas que merda. Eles tinham razão e eu sabia disso desde o começo, só preferi ignorar. Acontece que fica difícil fingir que eu não era um estorvo para alguém, quando outras pessoas comentavam a respeito.

Para piorar, meu estômago começou a doer. Depois do acidente, acho que ficar muito tempo deitado, me gerou um problema de refluxo e às vezes o estômago gritava. Fiquei mais tempo do que planejei no banheiro, pensando se deveria ir embora, ou fingir que estava tudo bem.

Acabei enviando mensagem para o Joabson, um motorista de Uber que minha mãe chamava sempre que não podia me levar a algum lugar. E quando abri a porta do banheiro, dei de cara com a Tatá encostada na parede em frente.

— Oi, está tudo bem? Está passando mal? — Seu olhar preocupado piscava em minha direção e eu só pensava no tal instinto de enfermeira de que falaram.

Neguei com a cabeça e forcei um sorriso. Ela não tinha culpa de ser tão linda, tinha?

— Só uma dorzinha no estômago.

— Quer ir embora?

— Já chamei um Uber. — Indiquei o celular no bolso da minha camisa com o queixo.

Sem titubear, Talita sorriu.

— Tá, eu vou pegar minha bolsa.

Estiquei a mão para segurar seu braço, e além de não a alcançar, quase deixei a muleta cair.

— Tatá, não... — Quando se virou para mim, engoli aquele acúmulo de saliva, sentindo a garganta se fechar mais uma vez. — Fica aqui. Não vou me sentir bem se estragar sua festa.

Sorriu abertamente e se inclinou para falar perto do meu ouvido.

— Eu não quero ficar, já falei. Só vim por sua causa. Estava torcendo pra você querer ir embora logo. — Arreganhou o sorriso metálico.

Eu não acreditei, mas ela parecia tão sincera, que me calei e meneei com a cabeça. Precisava me despedir de Felipe e de sua família, então a segui pelo corredor e, ao chegarmos no pátio, reparei como todos riam, alguns dançavam, outros conversavam animadamente. Definitivamente, não sei o que fui fazer naquele lugar. Nívia, tia de Tatá, estava de pé perto da porta e me olhou de um jeito estranho. Não sei se o que via em seus olhos era pesar, ou simplesmente seu modo de dizer que eu não devia estar atrapalhando a vida de sua sobrinha.

Antes que eu me movesse, Felipe se aproximou.

— Poxa, cara, já vão embora? — Tocou meu ombro. — Talita disse que já chamaram um Uber.

— Sim, obrigado por me convidar, mas preciso ir. Falei pra Tatá ficar, mas ela insiste que também vai.

Felipe olhou para Talita, que conversava com Tininha e outras duas moças, depois se aproximou como quem vai contar um segredo.

— Ela não curte muito esse lance de festas. Fiquei surpreso que tenha vindo. Valeu por trazê-la, a Tininha gosta muito dela.

Olhei dele para Tatá, ela sorria animada, tão feliz, e tudo isso era muito confuso para mim. Não sabia se a estava atrapalhando como sua tia fez parecer, ou se aquele sorriso era motivado por nossa amizade. De qualquer forma, eu precisava sair dali.

— Vou esperar lá fora, a gente se fala. — Estiquei o braço para me despedir, e enquanto Felipe apertava a minha mão, reparei Marcos se aproximar de Talita e tocar suas costas enquanto dizia algo que eu não conseguia ouvir de onde estava.

Eu não queria admitir isso nem a mim mesmo, mas o que senti ao ver aquela cena, me incomodou mais do que deveria. Segui na direção do corredor lateral da casa sentindo aquela raiva crescer dentro de mim. Talvez fosse melhor para ela, se relacionar com alguém que a pudesse levar para jantar, sem todo o constrangimento que uma cadeira de rodas ou muletas causam. E ela gostava daquele cara, não é mesmo? Se eu fosse legal, desejaria o bem dela. E ficar comigo, no momento, não era a melhor escolha.

Quase alcançava a frente da casa, quando a ouvi me chamar.

— Nick, espera.

Não parei, pois na velocidade com que me locomovia, ela me alcançaria fácil. Quando me alcançou, falei, tentando controlar a raiva que queria explodir.

— Não precisa ir comigo, é sério.

— Vamos mesmo ficar batendo nessa tecla? Eu já disse que quero ir.

Atravessei aos pulos o espaço na frente da casa, sobre a muleta, e parei diante do portão fechado. Talita puxou o trinco e o abriu enquanto eu perguntava irritado.

— E pra onde você vai? Seus pais já devem ter ido embora. — Perguntei saindo para a calçada. — Não posso te levar em casa e ir embora sozinho, pois vou precisar de uma babá pra me ajudar a entrar em casa. E, também não posso deixar que me leve em casa e vá embora sozinha depois. — Me virei para ficar de frente com ela. — Entende, como sou um inútil? Você vive lendo esses romances, onde o protagonista trata as mocinhas como princesas, as leva para jantar, dançar, dirigem carrões, e sabe o que eu sou? Um inútil agarrado, porque não consigo andar. — Minha voz aumentou sem que eu mesmo percebesse, quando me dei conta, estava gritando, sentindo os olhos queimarem.

Os olhos dela refletiam a luz do poste, completamente lacrimejados.

— Para de falar bobagens, Nick. Eu não preciso de nenhum protagonista de ficção. Eu quero é você. — Falou com firmeza, e se aproximou, segurando minha camisa na altura do peito. — Não importa como esteja.

Ficamos nos olhando por um tempo. Eu sentia seus dedos quanto meu peito subia em uma respiração pesada, e busquei em seu olhar algum resquício de que estivesse mentindo apenas para me fazer sentir melhor. Acontece que, naquele momento, eu não conseguia enxergar direito, tudo o que se repetia em minha cabeça, eram as coisas que Nívia disse naquela sala.

Respirei fundo e virei de frente para a rua, mas sua mão continuou agarrada em minha camisa. Queria beijá-la, mas não faria isso enquanto tivesse dúvidas de que ficar ao seu lado era a coisa certa. E eu ainda não tinha certeza.

— Você disse que gosta do Marcos há muito tempo. O cara parece estar solteiro, e está aqui. Porque você não aproveita e... — Quando olhei para o lado, uma lágrima escorreu do olho esquerdo dela e me encarava surpresa, talvez decepcionada com o que eu dizia. — O que foi?

— Está me cmpurrando pra outro cara. Quer pra se livrar de mim? É isso?

— Não! — ela só podia estar brincando com a minha cara. Não podia acreditar que Talita não entendia o que estava acontecendo comigo. — Talita, claro que não, caramba.

— Então para com isso, para de me repelir — pediu chorando e soltou minha camisa para secar o rosto com o dorso da mão.

Sacudi a cabeça diante da estupidez dela e virei o rosto para o outro lado. Enquanto esperávamos, ela pegou o celular e enviou

algumas mensagens. Quando o carro parou em nossa frente, abriu a porta do passageiro e esperou que eu me acomodasse com as muletas entre as pernas. Era para ser o contrário, e isso me incomodava demais. Meu pai me ensinou a ser cavalheiro, e junto com ele, levou minha capacidade de ser um.

TALITA

O silêncio no carro estava tão perturbador, que até o motorista olhava de esguelha para Nick e, ocasionalmente, olhava para mim pelo retrovisor.

Eu ainda pensava na angústia estampada na face do Nickolas ao tentar me afastar. Não sei a quem ele pensava enganar, pois eu sabia que me queria por perto. Eu podia sentir isso. Mas eu tinha medo de estar enganada, de estar me iludindo.

A tela do celular acendeu quando vibrou, e li a resposta do meu pai ao meu pedido para passar a noite na casa do Nick.

Pai:

"Conversei com a Ângela e ela disse que vai arrumar um quarto de hóspedes para você

nada de ficar enfiada no quarto do Nickolas."

Sorri, e devo ter ruborizado um pouco ao pensar em me trancar no quarto com ele.

Eu:

"Ok." — respondi.

— Meu pai me deixou dormir na sua casa. Vai ter que me aguentar.

— Está falando sério? Ele deixou? — Olhou por sobre o ombro.

— Sim.

Estava animada por meu pai ter me autorizado a ficar, mas triste com nossa pequena discussão; e quando o carro parou diante a casa dele, fui a primeira a saltar, me sentindo sufocada dentro do carro.

Nick abriu a porta e jogou as muletas para fora.

— Precisa de ajuda? — O motorista perguntou, mas ele recusou.

— Não, obrigado. — Ergueu o olhar para mim e se agarrou na porta. — Deixa que eu consigo.

Virei as costas e fui até o portão, a luz da sala estava acesa. Não demorou muito para sua mãe abrir a porta no alto da escada, e descer.

— Sua mãe está acordada.

— Novidade. — Nick foi irônico. — Imaginei que ela não fosse dormir. — E acenou para o motorista. — Tchau, Joabson, obrigado. — Empurrou a porta do carro e esperou sua mãe abrir o portão.

Ângela parecia exausta, com cara de quem cochilou várias vezes, mas sorriu falando sobre a ligação do meu pai perguntando sobre eu dormir na casa deles, e se posicionou ao lado do filho. Nick me entregou as muletas depois de enlaçar o pescoço da mãe, e não deixei de notar que evitava me olhar.

De toda aquela situação, perceber o quanto ele ainda se incomodava com isso, era a pior parte.

Depois de deixar Nick no banheiro, pois ele suava e queria tomar banho, Ângela me mostrou o quarto onde eu dormiria. Tinha uma cama de casal, um guarda-roupa de quatro portas e uma mesinha de cabeceira pequena.

— Obrigada, tia. Eu não vou mesmo incomodar?

Ela sorriu e me abraçou.

— Claro que não. Eu é que agradeço. E como foi a festa?

Não foi boa, eu percebi que algo incomodou Nick. Não sabia se o contexto geral ou a presença de Marcos. Mas não quis deixá-la preocupada, então dei de ombros.

— Foi legal.

— Que bom. Deixei uma camisola pra você sobre a cama. Eu vou me deitar, o Nick consegue se virar bem. Se precisarem de algo, me chama. E, ah... — Se voltou para mim da porta. — Seu pai pediu que não a deixe no quarto dele, então, se forem ficar conversando o resto da madrugada, que seja por mensagens. — Sorriu e se virou, caminhando para seu quarto.

Depois que tomei banho, notei a porta do quarto dele fechada, desconfiei que estivesse dormindo, então fui direto para o quarto de hóspedes e fechei a porta. Mandei um "boa noite", por mensagem, mas Nick não visualizou.

Quando acordei, demorei um tempo para me localizar, e sorri ao lembrar que estava na casa dele. Tirei a camisola que sua mãe havia me emprestado e coloquei as mesmas roupas que usava no dia anterior. No celular, havia uma mensagem do meu pai.

Pai:
"Que horas vem pra casa?
Quer que vá te buscar?"

Eu não queria ir embora e meu beiço escorregou ao pensar nisso. Achei melhor ver Nick antes de responder.

Sai do quarto e olhei em volta, a casa estava clara, o Sol invadia por várias janelas, e a mesa para o café estava posta na sala de jantar.

— Bom dia! — Ângela surgiu atrás de mim, e segurava uma garrafa de café.

— Bom dia.

— Dormiu bem? O Nick está acordado, se quiser ir até lá.

Assenti e voltei para o corredor, passei no banheiro antes, usei o dedo para escovar os dentes, tentando dar um talento especial no aparelho. E depois de usar o sanitário apressada como se Nick fosse fugir, me dirigi ao quarto dele. Bati na porta e ouvi sua voz.

— Entra. — A voz não estava muito boa, mas melhor do que estava de madrugada.

Quando a abri, ele estava sentado na cama, lendo a sinopse do livro que trouxe na noite anterior.

— Não leu sem mim, né?

— Essa autora Érica Attanazio, é uma poeta. Você leu essa sinopse?

— Sim. Gostei muito da escrita dela. — Caminhei até ele e me sentei ao seu lado.

Nick pousou o livro sobre as pernas, e notei que tinha se trocado. O cabelo estava molhado e usava tênis. Quando olhou para mim, umedeceu os lábios e segurou minha mão, pousando-a sobre seu abdome, entrelaçando nossos dedos.

— Eu quero fazer um trato com você.

Não gostei daquela voz, parecia triste, e imaginei que também não fosse gostar desse trato.

— Diga.

— Vamos estabelecer um prazo para o que está rolando entre nós. — Olhava para o chão, e voltou a me encarar. — Se eu não conseguir responder aos tratamentos em seis meses, você vai seguir sua vida e me deixar.

— O quê?! Está maluco?

Nick se mexeu, arrastou a bunda para ficar mais ereto, e virou o tronco para ficar de frente para mim.

— Eu cometi um erro bem grande, e estou pagando as consequências do que fiz. Ver você ser arrastada para isso comigo, só piora as coisas, Talita. Quando eu comecei a conversar com você, nunca imaginei que fosse... — Seus olhos marejados diziam tudo, ainda assim, ele completou. — Te amar tanto.

As minhas lágrimas escorreram e um soluço escapou. Ao mesmo tempo que fiquei feliz ao ouvir aquilo, fiquei triste com a proposta descabida. Sua frase me fez analisar, pela primeira vez, que sentimento era aquele que enchia meu ser desde que o conheci melhor, que foi crescendo com o tempo.

— Não quero estipular prazo algum. Nick, eu... — Queria dizer que o amava também, mas não queria que pensasse ser uma frase repetida, instigada pelo que me falou primeiro. E me interrompeu.

— Eu não vou destruir sua vida, tá? Somos jovens ainda, e você tem uma vida inteira pela frente, só tem dezesseis anos, e não precisa se apegar tão cedo, muito menos a um cara de dezoito anos, com a cabeça fodida como a minha.

— Para de falar bobagem — pedi, irritada. — Por favor. Não quero saber se vai voltar a andar por mim, Nick. Torço para que consiga, por você. Mas, independente de estar nessa cadeira, ou correndo por aí, vou ficar.

Ele olhou para a frente, e seu maxilar se retesou, pensei que fosse parar com aquele assunto, mas, então, ouvi tia Ângela gritar.

— Tatá, seu pai chegou pra te buscar.

Olhei surpresa para o corredor, em seguida me virei para o Nick. E ergueu a mão, me entregando o livro.

— Pedi que ele viesse.

É horrível desejar estar com alguém que não deseja sua presença, e era difícil saber se Nick estava mesmo preocupado comigo, ou se usava aquele argumento por desejar se livrar de mim. Minha autoestima não era tão elevada para desconsiderar a possibilidade de que não me quisesse por perto.

Peguei meu livro e me levantei secando o rosto com as costas da mão.

— Se não me quer por perto, diz logo. Para com esse papinho de que não quer me fazer sofrer, e blá, blá, blá.

— Se você não entende o quanto me faz mal ter que me arrastar atrás de você, pensando em quanto tempo vai levar pra que enjoe disso, é melhor pararmos de nos ver agora.

Da porta, me virei para ele cheia de perplexidade no olhar.

— Você tem medo de que eu enjoe? É sério? Ou será que já está enjoado e quer jogar pra cima de mim?

Nickolas estava vermelho e parecia extremamente nervoso.

— Talita, eu não sou seu irmão. E você não é responsável por mim. Não tem que ficar me rondando com medo de que eu faça uma bobagem, ok?

Devo ter petrificado no lugar, olhando-o atônita com o que tinha acabado de ouvir. Não sei explicar o que senti, se foi raiva, tristeza, medo, só sei que saí irritada do quarto e bati a porta com força. Peguei minha sandália no quarto de hóspede pelo caminho, e encontrei tia Ângela na varanda, conversando com meu pai, que estava lá embaixo na calçada.

Ao me ouvir, se virou.

— Pensei que fosse tomar o desjejum conosco... — E notando minhas lágrimas, seu sorriso desapareceu. — O que aconteceu?

— Pergunta ao Nick. — Balbuciei, tentando controlar o desejo de chorar, para não falar com a voz embargada.

Eu sabia lidar com aquilo, não sei por que estava tão chateada. Talvez o olhar dele, o tom de determinação em sua voz. A impressão que eu tinha, era de que ele tinha tentado, e estava desistindo outra vez. Eu não deixaria, mas me doía o modo como falou em me afastar. Lá no fundo, eu sentia que, se Nick decidisse me evitar, nada o faria mudar de ideia.

— Vou pegar um copo com água pra você, não deixe seu pai te ver assim. — Ângela foi até a cozinha e voltou com o copo. Quando o peguei, temi derrubá-lo por causa do tremor da minha mão. Tomei alguns goles e o devolvi e me disse, tocando meu ombro carinhosamente. — Não fique triste, Tatá, tudo vai se resolver. A água das piores enchentes, sempre encontram o caminho por onde escoar, e logo, nem sinal dela vemos.

Assenti, forcei um sorriso e depois de um abraço apertado, desci a escada.

Claro que meu pai notou meus olhos vermelhos.

— O que aconteceu? — perguntou assim que passei pelo portão. Ergui o livro.

— Esse livro é emocionante. — Eu não mentia, na noite anterior chegamos a ler trechos de causar fortes emoções.

Acenei para tia Ângela, que nos olhava da varanda, e entrei no carro.

NICKOLAS

Eu me arrependi do que disse assim que as palavras escaparam por minha boca. Mas me sentia tão merda, que não consegui impedi-la de ir embora. Havia uma enorme confusão em minha cabeça, era difícil pensar com clareza. Eu só queria ficar sozinho, me sentir um inútil em paz, lamuriar minha existência e me permitir ficar triste, sem ter que esforçar para parecer que me sentia feliz.

Minha mãe abriu a porta, mas em um gesto impulsivo, escorreguei pelo colchão e me deitei de costas para ela.

— Agora não, mãe.

Achei que fosse insistir e estava pronto para discutir, mas saiu e fechou a porta.

Desliguei o celular e passei o feriado inteiro deitado na cama. Na maior parte do dia, olhando para o teto ou dormindo.

A lanchonete estava funcionando intensamente no térreo, eu podia ouvir os sons das panelas batendo na cozinha, risadas de crianças e a música que tocava. Pensei no quanto minha mãe precisava de ajuda em um feriado movimentado como aquele, e no quanto eu era um inválido. Sentia dores nos ombros e braços, certamente por causa do esforço da madrugada, mas pior do que isso, não havia resquício algum de ânimo ou vontade de reagir.

Se precisasse descrever como me sentia, diria que afundava em areia movediça e, quanto mais eu tentava me mover para sair daquela situação, mais eu me afundava.

Sei que fui eu quem afastou a Talita, e tinha certeza de que ignorar minha existência era o melhor para ela, mas quando liguei o celular na manhã seguinte, e não havia mensagens, nem ligações dela, ri da minha própria desgraça. E, que sentimento idiota era aquele que me atormentava? Ansiedade? Também, mas havia algo mais. Desespero, sim, eu sentia um gosto terrível de desespero.

Dois dias depois, ainda não tinha recebido nenhuma mensagem, nenhuma notícia dela. O tempo não passava, eu assistia filmes, lia livros, jogava videogame, fazia exercícios na barra que havia na porta do meu quarto, e as horas pareciam se arrastar. Minha mãe insistiu veementemente que eu fosse para a fisioterapia, e no terceiro dia, decidi ouvir seus conselhos e voltar à fisio, somente para que parasse de me aporrinhar.

No primeiro dia, Michel não fez comentários, mas três sessões depois, se encostou na borda da piscina ao meu lado e perguntou:

— Está tudo bem com a Talita? Ela não veio mais. Você fica mais legal quando ela está por perto.

Acho que a resposta estava estampada na minha testa, mas neguei com a cabeça.

— Não sei dela, não temos nos falado.

— Poxa, cara, que chato.

— Falei uma merda muito grande pra ela. — Mordi o lábio e segurei na borda, afundando a cabeça e emergindo. Depois de tirar o excesso de água, comentei. — Ela está bem melhor assim.

— Por quê? Você não gosta dela?

— Gosto. — Limitei, mas a verdade é que eu gostava até demais.

— E acha que ela não gosta de você?

— Ela diz que gosta. — Passei a mão pela superfície da água, e Michel soltou um riso, falando como aqueles idosos muito vividos, embora tivesse uns vinte e poucos anos.

— Cara, o melhor para qualquer um, é estar com a pessoa de quem gosta. O resto, é resto. Duvido que ela esteja bem. Se falou alguma merda, deveria se desculpar. Já fez isso?

— É complicado, cara.

— Ah, larga de ser besta, Nickolas. Complicado é expressão numérica, se formar na faculdade, ter filhos, e as pessoas não fazem isso o tempo todo? Complicado é pagar as contas em dia, e só quem consegue fazer isso, é feliz de verdade. Então, cria vergonha nessa sua cara, e fala com a mina.

Franzi o cenho em sua direção e ri.

— Você errou de profissão? É fisioterapeuta ou psicólogo?

Deu um tapa na minha cabeça e me empurrou para debaixo da água. E quando voltei a superfície, o xinguei entre nossas risadas.

— Seu verme. — Joguei água nele e começamos uma guerra divertida, que serviu para me desestressar e tirar aquela tensão que vinha sentindo.

Quando entrei no carro, minha mãe sorriu.

— Que bom, aquela carranca sumiu.

A conversa com Michel tinha me feito bem, e decidi me abrir com minha mãe. E, aproveitado o trânsito um tanto intenso, comecei a falar.

— Mãe, lá na festa, notei o jeito como as pessoas olhavam pra mim. E parecia que sentiam mais pena da Tatá, por estar comigo, do que de mim. Não que eu queira alguém sentindo pena de mim, mas você entendeu.

— Sim. — Ela mudou a marcha para parar no sinal vermelho, e continuei.

— Ouvi a tia dela conversando com alguém sobre nós dois. Falava como se lamentasse o fato de a Talita estar perdendo tempo com alguém como eu.

— Como você?

— Sim, mãe, um inválido.

— Você não é um inválido, Nickolas Sanches, é preciso muito mais do que pernas para considerar uma pessoa válida ou inválida.

— Sim, eu sei... mas a Nívia dizia que...

— Nick, — Minha mãe me interrompeu. — Quando eu comecei a namorar seu pai, ele era o herdeiro de uma família com uma situação financeira muito boa, enquanto eu era filha de uma mãe solteira, que fazia faxina para viver. Você tem noção do quanto as pessoas falaram a respeito? Tem noção de quantos olhares eu precisei ignorar para ficar com seu pai? E eu não tinha problema algum em andar ou ficar sentada. Você também não tem. Pode estar tendo essa dificuldade no momento, mas vai ficar bom e precisa acreditar nisso. O que não vai mudar, Nick, — Desviou o olhar para mim — é o que as pessoas vão falar sobre vocês do mesmo jeito, você andando ou não. Isso nunca vai mudar. Sempre vai haver fofocas, e sabe por quê?

— Por quê?

— Porque a vida dessas pessoas é ruim demais. Quem vive sua própria vida intensamente não tem tempo para ver o que está acontecendo na vida dos outros. Se estão falando de você, Nick, é porque a vida delas está bem pior que a sua.

— É, faz sentido.

— E tem mais, Nick. Está na hora de você começar a olhar os pontos positivos de tudo o que aconteceu, até mesmo das tragédias. Olha a maneira como conheceu a Talita... acha que estaria enfiado naquele quarto, com um chip novo, se não tivesse sofrido aquele acidente? — Novamente desviou o olhar para mim por meio segundo e voltou-se ao trânsito. — Tenho certeza de que a Talita não deveria estar em outro lugar que não seja em sua vida, meu filho. Sei que é estranho, considerando a idade de vocês, mas... quem é capaz de explicar Deus... ou a vida?

Sorri. Queria muito acreditar naquilo. Queria mesmo.

Quando cheguei em casa, depois de todo o perrengue para subir a escada, fui direto para meu quarto, fechei a porta, peguei o celular e escrevi uma mensagem para a Talita.

Eu:

"Oi, Tatá

Preciso pedir desculpas pelo que falei

Eu sou um babaca

e tem todo o direito de me odiar

Mas quero que saiba o quanto me arrependo por ter falado aquilo

e o quanto sou grato por todos os momentos em que passamos juntos."

Demorei alguns segundos para criar coragem, mas enviei e esperei que visualizasse.

Quarenta minutos depois, eu ainda estava sentado na cadeira de rodas, no meio do quarto, olhando a tela do celular quase morto de ansiedade, e ela não tinha visualizado a mensagem. Aquilo que eu sentia no peito, só podia ser descrito como dor. Era uma dor intensa e irritante. O tipo de coisa que eu queria evitar.

Ainda pensava ser um erro escrever, talvez ela estivesse melhor e eu destruindo a paz dela, estragando tudo. Mas confusão me definia naquele momento.

Selecionei a mensagem para apagar, e fiquei com o dedo sobre a opção: Apagar para todos. Não consegui deletar, mas aquela angústia e dúvida me corroía por dentro.

Ouvi uma batida na porta e sai da tela da mensagem, minha mãe tinha ficado de trazer lanche para mim.

— Entra.

Quando a porta se abriu, Talita surgiu séria, depois ergueu dois livros e exibiu um sorriso lindo, como se nada tivesse acontecido.

— Você precisa terminar de ler esse livro, porque eu descobri que tem continuação.

Arqueei as sobrancelhas e li o título do livro em sua mão em voz alta.

— Sinônimos?

Talita abriu ainda mais os lábios, eu não pensei que ela fosse capaz de sorrir tão linda daquele jeito; e entrou no quarto, se sentando na cama.

— Passei esses dias lendo o Antônimos e chorando horrores. Sério, Nick, você precisa ler. E não demora, ainda temos que começar o Sinônimos, pois ainda tem o terceiro.

Olhava para ela sem acreditar naquele bom humor. Eu pensei que estava chateada.

— Não está brava comigo?

Ela olhou para o teto, colocou a ponta do dedo no canto da boca e estreitou os olhos como se estivesse pensando, então ergueu um ombro, como sempre fazia, de um jeitinho que eu amava.

— Eu te deixei no gelo, mas... não, não estou brava com você. Seu chato.

Gargalhei e ergui o celular.

— Você leu minha mensagem?

Surpresa, olhou para o aparelho em minha mão e balançando a cabeça em negativa.

— Mandou mensagem pra mim? — pegou o próprio aparelho no bolso de trás e tampei o rosto.

— Ai, que vergonha.

Depois de ler e rir de mim, Talita me desculpou e puxou a cadeira em sua direção. Inclinou o corpo até seus lábios tocarem minha bochecha, estalando um beijo, e recitou a música que ouvimos na fisioterapia.

— Tu, é trevo de quatro folhas, é manhã de domingo atoa, conversa rara e boa, pedaço de sonho que faz meu querer acordar pra vida.

Sorri, experimentando uma felicidade que não cabia em meu peito. Ergui a mão e segurei sua nuca. Não precisei puxá-la para mim, Tatá estreitou o espaço e tocou meus lábios com os dela. Ao mesmo tempo em que enlaçava meu pescoço com os braços, se sentou sobre minhas pernas. E o tempo parou. Aquele beijo me abduziu completamente, e eu só queria ser leve, para deixar que a vida nos levasse, e me permitir sentir merecedor de tudo aquilo.

Epílogo

Sete meses depois...

TALITA

Terminei de lavar o banheiro e levei os produtos de limpeza para o armário na lavanderia. Senti o celular vibrar no bolso traseiro quando me esticava para guardar o desinfetante e verifiquei a mensagem, era de Nick.

Nick:
"A fisio hoje vai ser no salão
a portaria é na rua de trás
te vejo lá, bju, te amo."

Sorri e respondi caminhando para o quarto.
Eu:
"Daqui a pouco eu chego
também te amo."

Tomei um banho rápido, e quando peguei o celular para chamar um Uber, ouvi uma buzina em frente de casa. Ao verificar pela janela da sala, me deparei com o sorriso de Ângela e um aceno.

— Vou pegar a bolsa — avisei acenando de volta.

Não precisava tê-la mandado vir me buscar, Nickolas não tinha jeito.

Peguei minha bolsa e sai de casa trancando a porta e o portão.

— Bom dia, Tatá.

— Bom dia. — A beijei no rosto e fechei a porta do carro. — Não precisava ter vindo me buscar.

— É que Michel me ligou, disse que queria conversar comigo. — Parecia preocupada, o que me deixou inquieta também.

— O que será que ele quer?

— Não sei. — Falou saindo com o carro do meio fio. — Espero que não seja para dizer que o tratamento não está funcionando. Meu coração não aguenta. — Levou a mão ao peito e exibiu um sorriso triste. — Eu nem deveria estar verbalizando algo assim, mas estou a ponto de explodir de nervoso.

Não consegui falar nada, fechei os olhos e pedi a Deus que ela estivesse enganada.

Assim que parou o carro, desci e fiquei batendo o pé de leve no chão, sinal da minha ansiedade, esperando-a pegar a bolsa e travar o carro. Quase corri na frente. Quando atravessei o corredor e parei do lado de fora da porta de vidro, abri a boca, sem conseguir definir o que sentia naquele momento.

Nick segurava em duas barras de ferros, como em outras sessões, mas diferente das outras vezes, suas pernas se moviam em pequenos passos. Levei as mãos a boca e meus olhos se embaçaram no mesmo minuto. Ângela parou ao meu lado e soltou um riso alto.

— Graças à Deus! Louvado seja.

Estava tão perplexa quanto eu, mas pelo menos conseguiu se mover, já eu, fiquei paralisada no lugar, sem saber se caia de joelhos, se corria para Nick. E após o primeiro susto, corri até ele, envolvendo seu pescoço com o abraço mais forte que pude dar.

Ele ria se divertindo da minha empolgação e fiquei alguns segundos ouvindo aquele riso delicioso perto do meu ouvido.

— Ei, desgruda do garoto. — Michel implicou, mas espalmei a mão diante dele.

— Me deixa, vou ficar aqui até minhas pernas pararem de tremer.

Nickolas riu e afastou o rosto para me olhar.

— Suas pernas estão tremendo? Imagine as minhas.

— Está sentindo elas tremerem? — Ângela perguntou feliz. — Oh, Glória.

E todos gargalhamos juntos.

Depois de beijar suas bochechas, ponta do nariz, olhos e boca, me afastei alguns passos e gesticulei com a mão, chamando-o.

— Vem, não para não, continua.

E passamos os minutos seguintes festejando aquele pequenino progresso. Não pelo fato de Nick ter conseguido dar os primeiros passos depois de sua queda, mas por ele não ter desistido. Ainda que ele nunca voltasse a andar, eu ficaria feliz se pudesse estar ao seu lado. E cada sessão de terapia o tornava mais forte, e a persistência o tornava mais vivo. Porque, o que importa, não é se tudo está funcionando perfeitamente, mas o quanto de vida ainda existe em nós.

Capítulos
extras
A noite de autógrafos

MESES DEPOIS

TALITA

Nick está sentado ao meu lado e devora uma maçã com vontade, parece estar com muita fome enquanto eu, enlouquecida, faço a pesquisa sobre onde será o evento em que a autora Érica Attanazio estará autografando seu último lançamento. Pelo que eu soube através de uma amiga, ela não só é uma excelente autora e escreve maravilhosamente bem, mas também é portadora de uma simpatia ímpar. Se eu já desejava conhecê-la antes, estou ainda mais eufórica.

Olho para o lado e ele parece distraído com o pote que está sobre as pernas, onde deposita os miolos das maçãs que come. Está terminando a terceira.

— Tem certeza de que não precisa tomar remédio pra verme? — pergunto verdadeiramente curiosa. Nick anda comendo demais, e eu não entendo para onde vai tanta comida.

— Não. Tem três meses que tomei — Afirma erguendo os olhos, e se depara com o último site que abri. — Uau, ela vai autografar na Casa de Cultura Chico triste em São José dos Campos? Vai ser top.

— Vai sim. É uma viagenzinha longa, mas quero muito ir. — Arreganho o maior sorriso que tenho, fecho os punhos e sacudo os ombros. — Vamos conhecer a Érica Attanazio, Nick.

— É chato levar os outros livros dela para que autografe todos? Quer dizer, deve haver uma fila, acha que vão querer nos matar se demorarmos entregando os livros antigos?

É uma excelente ideia! — penso e viro a cadeira em sua direção.

— Lado positivo de toda situação: Ninguém vai xingar um cadeirante. — Exibo meu sorriso arteiro, arqueando as sobrancelhas.

Ele entende o que quero dizer e sua expressão muda de interrogativo para um sorriso malicioso bem parecido com o meu.

— Espertinha.

Nick tem avançado muito na fisioterapia, e até consegue trocar passos em casa sem o andador ou bengala, mas sei quando está muito cansado, pois usa a cadeira na qual está sentado ao meu lado agora.

Levanto e faço outra dancinha animada.

— Vamos levar todos os livros e tirar muitas fotos. Se ela é tão simpática quanto a Tininha disse, não vai se importar.

— Eu não acredito que a Tininha foi na Bienal e nós não. — Nick comprime os lábios. Sua expressão chateada aperta meu peito.

Não fomos na bienal porque ele sentiu muitas dores no corpo devido às fisioterapias. Michel tem pegado pesado com ele. Diz que pode voltar a andar normalmente muito em breve, mas Nick ficou tempo demais sem fazer os exercícios até decidir levar a sério. Agora o tempo que passou na inércia, cobra seu preço. Acho que é daí que vem tanta fome.

— Terão várias Bienais, Nick, não tem problema termos perdido essa.

— Não sei por que você não foi na desse ano. Teria conhecido diversos outros autores que *você* ama, além da Érica Attanazio.

Inclino minha cabeça de lado e dou de ombros.

— Porque quero fazer isso com você. Que graça teria ir sozinha e não poder fazer minha dancinha pra te fazer rir? — Estico os punhos na frente do corpo e faço um círculo no ar com eles, rebolando. Nick esboça um sorriso fraco. Eu sei que quer gargalhar, mas é teimoso e se contém.

A porta é aberta e viramos juntos para olhar. Tia Ângela segura o aparelho telefônico e olha direto para mim.

— Sua mãe ligou, disse que você é uma megera por não atender ao celular, e que é para se preparar, pois seu pai vai passar aqui pra te buscar.

— Ah, sério? — Arregalo os olhos e busco o aparelho perdido sobre a cama de Nick. — Eu nem ouvi — resmungo distraída. — Ah, está no silencioso. — E eu não falo em voz alta, mas, esqueço o resto do mundo quando estou com Nick.

Ele anda muito estressado, e eu sei do esforço que faz para não descontar em mim sua raiva quando as dores se tornam insuportáveis. Não gosta de ficar tomando analgésicos, pois teme se viciar e o médico disse que os relaxantes musculares atrapalham os músculos de se firmarem, então sua mãe e eu temos que dobrar o estoque de paciência e amor quando ele está em seus dias ruins.

Olho para ele, que agora segura o mouse e lê o artigo que fala sobre a noite de autógrafos da Érica. Ângela saiu do quarto sem dizer nada, deve estar atarefada na lanchonete.

— Amanhã você vem? — Nick pergunta sem olhar para trás e, jogando a bolsa sobre o ombro, assinto me sentando na cadeira do computador que ele empurrou para se aproximar com a cadeira de rodas.

— Venho sim. Quer dizer, a menos que você não queira.

Ele torce o maxilar e tem o olhar fixo no monitor. É quando morde o lábio inferior que meu coração acelera de leve. Sua expressão diz que há algo errado.

— Amanhã eu tenho físio pela manhã, e de tarde vou assistir jogo com o Felipe. Vou estar exausto à noite, então... — Ainda não me olha, e tenho a sensação de que está pensando em me evitar. Eu sei quando alguém tem um compromisso, e quando está apenas me dispensando, e esse é, claramente, o caso.

— Você não quer me ver amanhã? É isso?

— Não é isso. — Vira a cabeça na minha direção, e seu olhar está injetado. — Só... combinei com ele.

Felipe, o namorado da minha melhor amiga Tininha, é um dos caras mais legais que conheço, e se tornou o melhor amigo do Nick de forma muito natural. Eu preciso parar de neuroses e achar que meu namorado busca meios de me afastar, embora ultimamente ele venha fazendo muito isso.

— Tudo bem. — Finjo acreditar para não transparecer o que penso. Não estou desconfiada de que está me traindo, mas tenho receio de que esteja enjoado de mim. — A gente se fala por Whatsapp. Pode ser?

— Claro. — Força outro sorriso e me inclino. E... o selinho que damos é tão fraco quanto o sorriso que seus lábios esboçam em seguida.

NICKOLAS

Dia seguinte...

Meu desejo é xingar Michel com os piores palavrões que eu puder encontrar. O corpo dói de um jeito desumano, e quando eu não aguento mais erguer o quadril, o filho de uma égua bate no chão, me assustando com seu grito, insistindo para que eu continue.

— Caraaaalho! — Grito ainda mais alto e relaxo o corpo. Isso só faz tudo doer ainda mais. — Você é muito miserável, Michel.

— Não ligo, sou bem pago pra ser miserável. Continua.

Ok. Eu não quero xingar. Não apenas. Quero matar ele. Quero ficar bom pra poder correr atrás dele e esse se torna meu foco nos treinos. É um bom foco.

O nível de estresse e esforço físico ao qual eu sou submetido, me torna um monstro. Não sei se minha mãe se magoa quando eu perco o controle, mas sei *como* eu fico depois de cada palavra que escapa sem filtro. A ansiedade e culpa me corrói.

Acontece que minha mãe é refém dessa situação. Ela é minha mãe, não tem muito como fugir, nem para onde. Mas...

Talita é minha princesa, o amor que eu sinto por ela vem aumentando exponencialmente. Meu coração parece dobrar de tamanho só para caber tudo o que eu sinto por ela. E quando eu digo algo grosseiro ou excedo toda minha angústia, externando de maneiras totalmente erradas, mesmo quando ela sorri e finge que está tudo bem, o desejo que me resta é de morrer.

A mente não pensa direito, se limita ao momento, é como se eu fosse fechado em um quarto escuro e apertado; e tudo o que consigo ver é o grande monte de merda que sou. Não há luz no fim do túnel, esperança ou nada que me faça superar. A cada vez que eu a magoo, aumenta o monte de arrependimentos que eu carrego sobre meus ombros, e esse fardo tem se tornando cada vez mais pesado.

Quando, no final da fisio, Michel me ajuda a sentar na cadeira, ignora os gemidos de dor que emito, suspiro profundamente e, acho eu, que ele percebe que a tristeza que sinto está extravasando o limite.

— O que *tá* pegando, Nick? Além da dor, que é normal, você sabe, já falamos sobre isso e...

— Sim, eu sei, eu sei... — assinto com a cabeça várias vezes encarando-o. — Não sei se acredito, mas você já disse que vai passar e que vou ficar bom. Embora... às vezes, eu pense que você só diz isso pra não me desanimar.

— Não sou desses. Não viaja, colega. — Parece até um tanto ofendido com o que falei e bufo assentindo novamente. Após um meio silêncio em que ele me olha como quem aguarda que eu, finalmente responda sua pergunta, decido desabafar. — Eu acho que a Tata não vai me aguentar por muito tempo. Aliás nem sei como aguentou até agora. Nem eu me aguento.

— Ah, — Michel faz uma cara engraçada e pensativa ao acrescentar. — De fato, aguentar seu mau humor é algo que poucos tem o dom. É preciso ter uma graduação especial e...

Ok, eu mereço.

— Pois é. E eu sei que às vezes pego pesado, mas quando me toco, já foi. Ela até finge que não liga, leva na brincadeira, mas isso é ainda pior. Eu preferiria que discutisse comigo, me mandasse para o inferno, que retrucasse e me alertasse sobre os limites. E o fato de ela se calar, rir e agir como age, me faz pensar se ela agiria assim se eu não fosse um inválido, e...

— Você não é um inválido, Nick, estou cansado de dizer isso. Se você não quer que te tratem como coitado, para de se colocar nessa posição, porra! — Michel me olha irritado e arqueia a sobrancelha. Ele está nervoso de verdade, mas parece perceber que exagerou e ergue as duas palmas em minha direção. — Me desculpe a expressão.

— Não precisa se desculpar. — Dou de ombros. Estreitamos amizade e ele tem liberdade comigo, mas sua preocupação nem é ocmigo, indica uma câmera acima de nós com a cabeça, e cochicha.

— É que não sei se tem áudio.

Um riso escapa da minha garganta e não consigo me conter. Michel deveria ser comediante.

— Tá certo.

— Continuando... Você precisa parar de achar que tudo gira ao seu redor e que o comportamento da Talita tem a ver com o fato de você estar ainda nessa cadeira. Já parou pra pensar que pode ser o jeito dela? Talvez a mina seja de boa, do tipo que não se estressa com a chatice dos outros. As pessoas precisam parar de achar que suas diferenças sejam as únicas razões para determinados comportamentos. Todos temos direito de agir ou falar o que pensamos, nem tudo deve ser considerado uma ofensa. Sabia? Cara, tem gente que é chata demais, é muito complexo de inferioridade, se transformando em bombas catastróficas.

Ao perceber que ele estava desabafando também, questiono rindo.

— Ainda estamos falando sobre mim?

Ele suspira e se inclina, apoiando os cotovelos nas coxas. Michel sacode a cabeça e junta as mãos, entrelaçando os dedos.

— Eu estava encantado por uma garota que se mudou para o prédio onde moro. Mas ela é extremamente difícil.

— Difícil... como?

— Chamei ela pra sair, e ela aceitou de primeira, até então, tudo ótimo. Mas quando bati no apartamento dela, saiu com a chave do carro na mão, e só porque eu comentei que tinha pensado em irmos no meu, ela me olhou como se eu fosse um fantasma, e perguntou se eu achava que ela não sabia dirigir só por ser mulher.

Não sei qual a expressão no meu rosto, mas imagino onde aquela história levará e cruzo os braços, me preparando para o desenrolar da confusão.

— E aí?

— E aí que me desculpei e disse que isso não tinha nada a ver. Ela riu irônica, sabe aquele jeitinho de quem não acredita? Isso me irrita pra cacete. Pois bem, chegando no restaurante, fiz meu pedido, ela fez o dela, e o tempo inteiro ela falou sobre o quanto as mulheres são injustiçadas. Era um sinal, mas eu fui lerdo demais *pra* notar, e na hora de pagar a conta, eu achei que seria educado pagar, já que fui eu quem a convidou.

— Certo.

— Eu fui ao banheiro, quando voltei, passei no caixa e paguei. Quando a mulher descobriu que eu tinha pagado a conta... — Soltou um riso amargo. — Meu irmão! Ela achou um absurdo. Não sei o que tem na cabeça dela, mas disse que sou machista e que pensava que ela não tinha condições de pagar a conta, mas que tem um bom emprego e começou a jogar na minha cara que é administradora de uma empresa multinacional. Eu posso com isso?

Gargalho verdadeiramente divertido com aquilo.

— Talvez ela tenha enfrentado algum relacionamento que a deixou na defensiva — sugiro, tentando acalmá-lo.

— Que se dane. Não quero mais. Mulher chata. E você... — aponta o dedo na minha direção. — Por favor, não seja esse chato na vida da Talita. A mina é gente boa demais, só quer ajudar. Talvez você deva se abrir com ela sobre isso.

— Não! — Eu sei que não conseguiria, havia tentado outras vezes.

— Então, chega de paranoia e deixa a garota ficar do seu lado.

— Independente de como ela me trata, eu me acabo pelo jeito que a trato, Michel. Não é como se eu pudesse controlar.

— Cara, ter percebido isso é um avanço. Os seres humanos têm limitações terríveis. — E começa a contar nos dedos. — Privação de sono, fome, cansaço, dores... são coisas que tiram as pessoas do prumo, que as descontrolam. E tem gente que nem se toca disso. Tem gente que quando está com fome, nos leva ao limite. Minha mãe, por exemplo. Aquela mulher com fome e uma leoa solta na floresta tem o mesmo faro.

Nós dois rimos, e eu sei que o que ele fala faz todo sentido.

— Eu tenho que ir — digo ao ver a mensagem no meu celular.

— Sua mãe vem te buscar?

— Não. O Uber já está chegando.

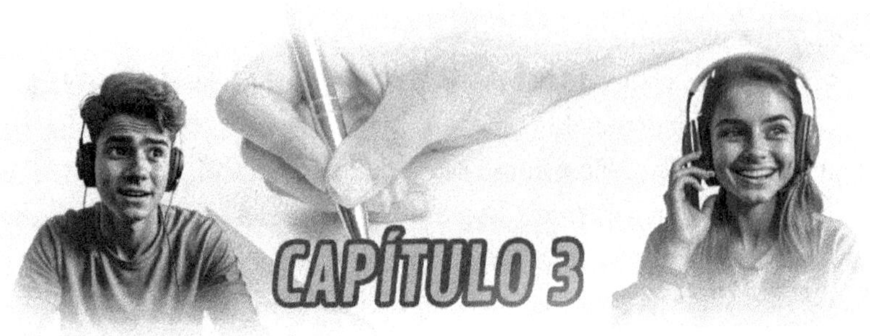

TALITA

Tininha me olha como quem tem uma péssima notícia para dar, e franzo o cenho, sentando ao seu lado na minha cama.

— O que foi?

— Felipe falou que o Nick desmarcou. — Torce os lábios e abaixa os olhos para o aparelho celular.

Meu coração se comprime no peito. Pego o meu celular ao meu lado sobre o colchão, mas não há mensagens dele.

Ficamos em silêncio por algum tempo. Minha cabeça girando a mil por hora e não consigo raciocinar direito para formar alguma frase. Será que...

— Será que estou sufocando ele? Ou será que simplesmente não quer mais ficar comigo? — pergunto por fim, com a voz embargada, mas ainda não choro, e é preciso um grande esforço para segurar.

— Não... — Tininha diz, mas fica nisso. Acho que nem ela sabe o que dizer.

— Ele está estranho há muito tempo. Eu pensei que era por causa das dores. Já tinha me avisado que ficava muito mal quando fazia fisio. Mas há muitos dias ele simplesmente tem me evitado.

— Te evitado como? — Tininha me olha curiosa.

— Ah... inventa compromissos. Diz que vai dormir. Coisas do tipo. Eu sei que pareço neurótica, talvez até seja o caso.

— Relaxa. O Nick te ama.

— E se... — Morro de vergonha de externar o que penso, mas Tininha é minha melhor amiga, e com ela eu poço ser sincera. — Quando Nick voltar a andar, sei que vão chover garotas atrás dele. É um cara lindo, educado, divertido... claro, quando não está a ponto de explodir de raiva... E se ele encontrar alguém que goste mais do que de mim? — Uma lágrima escapa sozinha, escorregando por minha bochecha, e em um gesto rápido a seco com o dorso da mão. — E se aquela garota que ele namorava, reaparecer na vida dele? Se é que já não reapareceu.

— Para com isso, Tata. Nick não está com você só porque está na cadeira de rodas.

— Não temos como saber. — Não me orgulho por pensar assim, mas isso se passa por minha cabeça e eu não consigo evitar.

— Para com isso. Sério. — Repete se levantando. — Ele deve estar se cansando demais. Pelo que sabemos, o garoto não vinha se esforçando assim na fisio. Está se empenhando e isso o deixa mais nervoso. É mais fácil eu duvidar que a terra é redonda do que duvidar dos sentimentos do Nick por você.

Assinto determinada a deixar aquele assunto de lado. Descubro, depois de desabafar, que externar o que penso só piorou a sensação de que estou certa a respeito do assunto e, definitivamente, Nick está me evitando.

Minha mãe grita que o almoço está pronto e saímos do quarto para encontrar meus pais à mesa.

No corredor, Tininha enlaça meu braço com o dela e deita a cabeça em meu ombro.

— Tudo vai ficar bem. Dê um espaço pra ele. Talvez seja só disso que o Nick precisa.

Eu até tento. Juro!

Durante o almoço, meus pais e Tininha conversam animados e eu exibo minha melhor cara de paisagem, com um sorriso amarelo de quem está prestando atenção em tudo, mas no fundo, não ouve nada. Só consigo pensar em Nick, no motivo para ter desmarcado com Felipe e não ter entrado em contato comigo.

Quando terminamos de comer, Tininha e eu voltamos para o quarto conversando sobre o blog que administramos. Nele, falamos sobre estrelas anônimas nacionais. Autores, modelos, atores e demais artistas brasileiros que são ótimos, mas pouco conhecidos pela mídia massiva. Isso me ajuda a distrair um pouco naquela tarde ociosa de nossas férias de dezembro.

Faz um ano e meio que Nick e eu nos conhecemos. E como eu estudo e trabalho na secretaria de uma escola infantil, pouco nos vemos. Eu pensei que nas férias teríamos mais tempo, mas ele está se afastando sem que eu possa fazer algo para evitar. Isso me deixa extremamente triste.

E acho que, quanto mais eu tento não o sufocar, mais o sufoco.

— Ah, e vocês vão mesmo na noite de autógrafos da autora Érica Attanazio? — Tininha pergunta, interrompendo minha *viagem na maionese*.

— Sim. — Sorrio, mesmo que haja uma pontinha de dúvidas sobre como as coisas estarão no final de semana.

— Eu acho que esse encontro com a autora vai ser ótimo pra vocês. E será uma lembrança incrível quando estiverem mais velhos. Os dois são fãs dela, e vão ver a mulher pessoalmente pela primeira vez juntos.

— É... — Dou de ombro. — Se estivermos juntos até lá. — Verifico o celular mais uma vez, e nada de notícias dele.

— Deixa de ser pessimista, assim atrai coisas ruins. — Tininha se levanta batendo nas pernas. — Preciso ir. Vou passar na casa do Felipe e perguntar se ele tem notado o Nick estranho.

— Tudo bem, mas pede pra ele não comentar com o Nick.

— Tá, deixa comigo. — Pega sua bolsa, beija minha bochecha com um estalo e sai do quarto.

Mal espero que fechasse a porta, ligo para Ângela. Eu preciso saber se ele está bem e desacelerar meu coração no processo. Quando ela atende, sou até um pouco mal-educada, falando antes de a cumprimentar direito.

— Tia Ângela, o Nick está por aí?

— *Oi. Talita?*

— Sim, sou eu. Tudo bem?

— *Tudo bem sim. O Nick disse que ia almoçar na casa do Felipe. Ele não te falou? Iam assistir ao jogo a tarde.*

Ai meu Deus! Eu fico muda por alguns instantes, e a ouço me chamar, quando consigo fazer minha voz sair, respondo sem graça.

— *Ah, eu esqueci. Obrigada. Até mais.*

Não quero dizer a verdade, não até saber qual é a verdade. Nick não está em casa, nem na casa do Felipe. Onde ele está?

Minha cabeça louca quer ligar para o Michel e saber se ainda estariam juntos, sei que hoje tinha fisioterapia. Mas, com muito esforço eu me contenho, mesmo que minhas pernas não parem de balançar a cada movimento.

Tento ler, mas não consigo me concentrar. Deito na cama ouvindo música, decido assistir a uma série, e quando não aguento mais, levanto e pego o celular decidida a ligar para o Nick. Estou com algumas frases desaforadas engatilhadas para disparar contra ele assim que atender, e só não o faço, porque tem uma mensagem dele no Whatsapp:

"Oi.

Acabei nem indo pra casa do Felipe

Eu precisava pensar

Será que a gente pode conversar?

E dez minutos depois dessa primeira mensagem, ele havia enviado

"Está muito ocupada?"

Quase não consigo engolir a saliva que se acumula na minha boca. Minhas mãos tremem segurando o aparelho e chego a pensar em inventar alguma coisa para não encontrar com ele. Temo que vá terminar. Dizer que eu sou uma chata e pegajosa demais. Eu sou? Não sei se estou me impondo demais na vida dele e essa dúvida está me enlouquecendo.

Talvez eu possa dizer que estou ocupada e postergar o que ele tem para dizer, fazendo-o mudar de ideia até lá. Boa!

E escrevo:

"Desculpa, estava vendo uma série e só vi sua mensagem agora.

É que vou na casa da minha avó.

Será que podemos conversar amanhã?"

Fecho os olhos, como sou idiota! Mas já era, ele visualizou e espero. Não consigo respirar direito, o coração disparado no peito me atrapalha de usar os pulmões normalmente. Os dois minutos de espera e os segundos em que aparecem o "digitando...", são eternos, até que ele envia.

"Tudo bem,

Até amanhã."

Meus olhos se enchem de lágrimas e não consigo evitar o choro. Nick não mandou o costumeiro: "Eu te amo" no final da mensagem. Ele vai terminar comigo e eu não sei o que fazer para mudar isso, nem se há o que fazer.

Deixo o celular de lado, temendo estragar tudo mandando mensagens questionando-o e deixando-o ainda mais nervoso.

A sexta-feira mal começa e já acordo tensa, o tempo se arrasta e sinto que este é o pior dia da minha vida desde que meu irmão partiu. As mensagens entre mim e Nick são muito aleatórias, frias e impessoais. Mas é Nick quem pergunta na última mensagem da noite.

Estou enfiada dentro da geladeira caçando algo mastigável para aplacar minha ansiedade, quando o celular avisa que chegou mensagem. O aparelho está na minha frente, em uma prateleira do refrigerador, e eu o teria esquecido aqui como em outras vezes.

"Tudo certo para a noite de autógrafos amanhã?"

Ao ler a mensagem, abraço o aparelho sorrindo e volto a ler. Depois respondo apressada, digitando tudo errado.

"É calro."

E corrijo.

"É claro."

Nick manda um e-moji sorrindo e sorrio igual, mesmo que não tenha recebido o "Eu te amo" que desejo. Talvez ele tenha deixado de me amar e queira manter só a amizade. Não sei como eu me sinto e como reagir a isso.

O sábado seguinte amanhece chuvoso, e temo que Nick desista de sair. Se para mim é um transtorno sair com guarda-chuvas, imagina para quem tem que usar uma cadeira de rodas?

Mas estou terminando o café da manhã sentada na mesa da cozinha quando sua mensagem chega.

"Espero que esteja tão ansiosa quanto eu estou.

E não esquece de trazer todos os livros."

Meu sorriso se forma involuntário e respondo:

"Com certeza não vou esquecer.

Estou bem mais ansiosa."

Depois disso, atropelo todo meu dia. Minha mãe finge não notar o quanto estou nervosa, mas me rodeia algumas vezes, dando espaço para que eu me abra. Eu até me abriria se não estivesse com medo de externar com mais alguém e tornar meus tormentos reais. É melhor fingir que nada está acontecendo até que Nick se converse comigo.

A sessão de autógrafos está marcada para as seis horas da noite, mas às três horas da tarde, como havíamos combinado há muito tempo, eu chego com minha sacola de livros na casa de Nick.

Subo direto, como é de praxe, e ao abrir a porta, chamo sem conseguir ocultar o receio em minha voz. A distância que há entre nós é quase palpável.

— Nick?

— Aqui! — Ouço sua voz vinda do corredor, fecho a porta e avanço para seu quarto.

Quando chego na frente da porta aberta de seu quarto, ele segura um enorme buquê de rosas vermelhas. Há muito tempo comentei com ele que achava lindos esses buquês fartos, e olho dele para os olhos de Nick, que me observa sério.

— O que é isso? — Claro que faço a pergunta mais idiota para o momento, puro nervosismo. Qualquer um sabe que se trata de um buquê.

Nick o ergue em minha direção e dou um passo à frente, me aproximando lentamente. Sorrio, pois é impossível não o fazer diante dessa cena. Nick está pronto para sair, o cabelo penteado de lado, a franja um pouco caída sobre a testa, a camisa de gola alta preta e a calça clara slim o deixa ainda mais lindo.

E quando pego as rosas, começa a falar.

— Sei que tenho sido babaca com você. E... você não merece isso.

— Nick... — Parte de mim acredita que isso não é um término, mas há uma parte pessimista com medo de criar expectativas e se decepcionar no final da conversa, descobrindo que esse buquê é um pedido de desculpas.

— Espera, deixa eu terminar — pede em um tom suave, segurando minha mão. — Eu tenho evitado você por não querer te magoar, mas ficar longe tem magoado a nós dois. Sei que não existe o que justifique as vezes em que fui grosseiro, mas quero te pedir perdão e prometer que vou tentar ser melhor.

Meus olhos estão embaçados, então nem sei dizer se ele está sorrindo ou me olhando daquele jeitinho meigo e irresistível.

— Você é gentil até quando está nervoso, Nick. Ficar bravo quando insisto pra que coma algo, ou pede silêncio quando está com dor de cabeça, tudo isso é algo que posso entender. O que tem me deixado triste é você me repelir como se não fizesse questão da minha companhia.

— Eu sei... Eu sei. E não vai mais acontecer. Se você quiser estar comigo, eu não vou mais te afastar. Até porque, ficar com você é o que mais alivia minhas dores.

Nesse momento, é oficial, eu choro como uma menina de dois anos. Deixo as rosas na cama e me sento sobre suas pernas, envolvo seu pescoço, segurando sua nuca, e enfio meus dedos por seu cabelo.

— Pensei que estivesse enjoando de mim.

— Nunca! — Garante com firmeza e aspira perto do meu pescoço.

— Você nem diz mais que me ama — resmungo, tentando desembaçar meus olhos com os dedos.

Ele engole em seco, morde o lábio e percebo que segura para não chorar, mas os olhos vermelhos denunciam sua angústia.

— Eu não digo mais nas mensagens que te amo, porque quero parar de escrever. Quero demonstrar isso nas minhas ações, porque... Tata, você não tem noção do quanto eu te amo!

As batidas do meu coração retomam o ritmo acelerado de antes, de quando eu não temia que nosso relacionamento fosse fadado ao fim, de quando ele me fazia suspirar de um jeito gostoso de quem quer passar a vida ao seu lado.

— Eu também te amo. — Não consigo parar de rir.

Nick também sorri, sobe a mão por minhas costas até minha cabeça e me puxa para um beijo.

NICKOLAS

Eu estava aflito e pensei mil vezes antes de me declarar daquela forma. Não queria que fossem palavras vazias, e não tinha certeza se conseguiria ser melhor. Ser o que ela merecia que eu fosse. Meu sistema nervoso estava em frangalhos.

Mas depois de ver sua reação, enquanto sua língua acaricia a minha e seu gosto se mistura ao meu, a única certeza que eu consigo ter, é de que faria de tudo por ela. Que esse amor é real e forte o bastante para vencer até mesmo minhas limitações.

A chuva dá uma trégua, acabamos chamando um carro por aplicativo mais cedo para não correr o risco de ter que enfrentar o aguaceiro no trânsito engarrafado.

Minha mãe está um pouco mais faladeira do que de costume enquanto me ajuda a descer a escada. Talita havia descido na frente com a cadeira e, ouvindo minha mãe tagarelar sem parar, a observo pedir ao motorista para guardar a cadeira no maleiro. Acho que minha mãe está animada por saber o quanto esperamos por esse evento.

— Eu queria muito ir com vocês. — Enlaça minha cintura e passo o braço por sobre seus ombros. Eu não preciso mais dessa ajuda, consigo descer devagar, segurando o corrimão, mas ela insiste. —

Quando era mais nova, eu lia muito. Devorava uns sete livros por semana, acredita? Adorava ler deitada na rede que tinha em casa. Tenho saudades dessa época. Talvez eu leia um livro desses. Acha que vou gostar?

— Com certeza.

— A Talita está tão animada. Você também. Estou feliz por estarem saindo. Vocês ficam muito tempo enfiados em casa. São jovens, precisam sair mais.

Eu saio para a terapia e fisioterapia, quando posso, quero ficar em casa descansando. Realmente preciso mudar um pouco isso, pois Talita merece alguém que a acompanhasse em todo lugar.

Ao chegar na calçada, o motorista abre a porta e me despeço da minha mãe.

— Até mais tarde.

— Até mais tarde. Depois quero saber de tudo. — Ela abraça Talita, que a aperta forte. Eu gosto de ver como as duas se dão bem.

— Devemos chegar por volta das oito horas — avisa e entra no carro.

Quando me sento ao seu lado, Talita pega minha mão, entrelaça nossos dedos e me olha daquele jeito que faz todos os meus medos desaparecerem, ao mesmo tempo em que gela minha barriga, gerando outros tipos de temores. Beija meu rosto e sussurra:

— Obrigada.

— Pelo quê? — Franzo o cenho curioso e ela sorri.

— Por você existir.

Também sorrio, é impossível evitar, e acho que exagero, minhas bochechas se estufam totalmente.

Pelo caminho, conversamos sobre Anderson e Cristina, personagens do livro da autora a quem íamos conhecer naquela noite. E depois de algum tempo, ela me olha interrogativa.

— De qual personagem você gosta mais?

Reflito por um momento, e acabo sendo meio óbvio.

— Do Anderson. E você?

— Da moranguinho, com certeza.

— Você se identifica com ela? Não digo na aparência, pois ela é ruiva, mas na personalidade.

— Talvez. — Olha pela janela pensativa e ergue um ombro. — No quanto ela ama o Anderson, com certeza eu me identifico. — Abre um largo e acolhedor sorriso, e quando ela faz isso, eu sinto como se uma redoma me envolvesse. É seguro aqui, perto dela.

Quando, muito tempo depois, o motorista para em frente à fachada colorida com uma imagem de Francisco da Silva, um sergipano que fez muitas crônicas e enriqueceu a cultura no Vale do Paraíba, Talita não cabe em si de contentamento.

Em frente ao centro há muitas pessoas em grupos conversando animadamente. O motorista pega a cadeira de rodas, e acho bacana que tenha habilidade para abri-la. Descer do carro é rápido, mas fico preocupado com o fino sereno, a última coisa que quero é Talita resfriada.

— Vamos entrar logo, acho que essa chuva vai aumentar.

Pago ao motorista lembrando da história de Michel, feliz por Talita não brigar comigo por essa gentileza. Ela coloca a sacola com nossos livros de Erica sobre minhas pernas, e em retribuição por ter me deixado pagar o táxi, não reclamo quando empurra a cadeira para a porta.

Dentro do centro está cheio de gente aglomerada em vários grupos.

— Uau, quanta gente! — Ela admira e avança entre as pessoas que abrem caminho para nós.

— A fila ali. — Aponto o que, obviamente, é uma serpente de gente com livros da Érica nas mãos.

Torço para que ela ignorasse meus protestos de outras ocasiões e aproveite a cadeira para avançar na frente daquela gente, mas Talita, certamente temendo que eu me aborreça, vai para o final da fila.

Eu não teria dito nada, mas uma senhora simpática sorri para mim e pergunta educadamente.

— Oi, você não quer passar na frente?

Sacudo a cabeça, sorrindo com a mesma simpatia com que ela me olha.

— Estou sentado, posso esperar. Obrigado, de qualquer maneira.

A senhora ri divertida e toca o ombro de Talita, que balança a perna ansiosa. Ela sorri para a senhora e me olha respirando profundamente ansiosa.

— Quer se sentar nas minhas pernas? — pergunto apertando sua mão, mas Talita balança a cabeça negando.

— Não, estou bem. Só um pouquinho nervosa.

Eu posso perceber pela sua fisionomia o quanto está eufórica por estar tão perto de uma de suas autoras preferidas. A fila demora muito mais do que eu esperava, e acabamos fazendo amizade com vários leitores. Talita é tão extrovertida e sociável, que chega a trocar telefone e montar grupo do whatsapp com duas garotas para fazerem trocas de livros e leituras coletivas.

Quando chegamos à mesa de Érica, entendo o motivo da demora. Ela realmente é extremamente gentil, sorridente e animada. Dá total atenção a cada um, e suas dedicatórias são quase outro livro dentro do livro.

Ao me ver, ignora a cadeira totalmente e estica a mão com seu olhar sereno sobre mim.

— Qual é o seu nome? — Fico um tempo paralisado pensando se Cristina, a personagem de Antônimos, seu primeiro livro, é baseado nela mesma. Érica é a imagem, talvez um pouco mais madura, da mocinha do livro. Pelo menos na minha cabeça.

— Nickolas. Prazer.

Talita está de pé atrás da cadeira e viro o rosto para ver o seu. O sorriso de canto a canto parece congelado em sua face.

— Amor, entrega os livros pra ela.

— E qual o seu nome? — Érica fala com ela e Talita gagueja.

— Oi, eu... eu... sou, sou a Talita. Mas pode me chamar de Tatá.

— Prazer Nickolas, prazer Tata. — Erica tem um belo e cativante sorriso.

— Será que podemos te pedir um favor? — ouso, pegando a sacola sobre as pernas e colocando sobre a mesa, já que Talita parece ter esquecido até o que veio fazer aqui. — Poderia autografar os outros livros?

Primeiro Érica franze o cenho, não parece entender. Mas quando abre a sacola e vê um exemplar de cada um da trilogia, arregalou os olhos e depois expressa sua alegria. Ela se levanta e dá a volta à mesa.

— Vocês têm todos os livros?! Que lindos!

Enquanto ela abraça Talita, eu olho por sobre o ombro para ver se o pessoal atrás da fila está com cara de quem quer nos matar, mas todos estão sorrindo felizes, e preciso dizer que amo isso nos leitores. A maioria é nobre, gentil, educado e empático.

— Amamos sua escrita. — Talita consegue falar sem gaguejar. — Simplesmente entrei na história e é como se eu fosse parte desses personagens. Estou apaixonada por cada um. Só fiquei triste por... você sabe. Mas adorei os livros.

A autora parece não caber em si de felicidade, e as duas se fecham em uma bolha que dá gosto de ver. É como se fossem velhas amigas trocando opiniões sobre seus livros. Quase sugiro que coloquem Erica no grupo que tinham acabado de montar no aplicativo de mensagens.

— Estou muito feliz em saber que gostaram. — Erica olha para mim e volta-se para Talita sem desfazer um sorriso que parece fixado em seu rosto.

— A gente leu junto. E depois que lançou o terceiro livro, maratonamos todos outra vez.

— Que bacana! E como foi ler novamente depois de um tempo?

— Muito bom. — Talita e eu dizemos juntos.

— Eu vou continuar os autógrafos, mas espero poder conversar com vocês novamente. Podem deixar os livros aqui? Vou fazer lindas dedicatórias quando terminar. — Aponta a fila.

— Vamos ficar por aqui. — Falo apontando o salão, onde há exposição de vários livros, não apenas dela, mas de outros autores.

Ela volta para a mesa, dirigindo sua simpatia para o próximo da fila, e Talita empurra a cadeira para o outro lado da sala. Emite um som divertido e gargalha quando atravessamos o portal para a outra sala.

— Nem acredito! Ela é linda, e simpática, e gentil, e simpática, e...

— Você já disse simpática. — Rindo, coço a nuca vendo-a surtar na minha frente.

O mais incrível é aquela sensação de felicidade ao vê-la feliz.

Depois de horas, a fila termina. Erica consegue assinar os livros de toda aquela gente enquanto eu me divirto com a empolgação da Talita, que parece uma criança na Disney. E quando nos chama, mostra as dedicatórias em todos os nossos livros, além do lançamento que adquirimos no atual evento.

— Quero repetir o quanto fiquei feliz por ver o carinho de vocês com meu trabalho.

— E nós... — Talita garante — felizes por te conhecer pessoalmente.

— Espero que possamos nos encontrar mais vezes. — Erica a abraça mais uma vez, em seguida se inclina e beija meu rosto.

E ela tem cheiro de morango, ou é minha imaginação?! Olho para Talita com o cenho franzido, e acho que ela leu meu pensamento. A personagem Cristina ganha o apelido de Moranguinho de Anderson, o protagonista, porque cheira a morango. Se a autora realmente estava exalando aquele perfume, Talita sacou o que pensei e por isso sorri para mim.

— Vocês me seguem no Instagram? — Érica pega seu aparelho sobre a mesa e desliza o dedo pela tela.

— Sim. O meu é @tataenickbooks. O dele é @nick2000.games.

Erica continua deslizando o dedo pela tela.

— Vou seguir vocês e conversamos mais. Espero voltar a São Paulo mais vezes.

Seu carisma é admirável. E as pessoas nos rodeiam buscando por sua atenção. Então, com certa dificuldade, depois de muita conversa e várias fotos, arrasto Talita para longe dela. Ou melhor, convenço minha namorada a me empurrar para longe.

— Isso foi demais! — Tatá está deslumbrada e isso me enche de satisfação.

— Valeu a pena virmos aqui. — Penso em voz alta, mas na mente completo "mesmo que eu esteja morrendo de dor por toda a parte".

— Quer ir embora? — Tatá afasta minha franja e beija minha testa.

— Quero sim. Você está com fome? Podemos passar em algum lugar pra comer.

— Ah, eu pensei em comermos na melhor lanchonete de Santo André. Lanchonete do Galo. Conhece? — Sugere a lanchonete da minha família, que fica embaixo do meu apartamento. Eu amo essa mulher.

— Boa pedida. Vou fazer com que coloquem carne extra no seu lanche — prometo. E enquanto empurra minha cadeira para fora, acrescento. — E mais bacon na porção de batatas.

— Isso é muito bom! — Ela diz rindo.

O Joabson, motorista por aplicativo e amigo da minha mãe, para o carro em frente ao ponto de ônibus dois minutos depois que saímos. E quando nos aproximamos, desce do carro se desculpando por não estar disponível para ter nos trazido mais cedo até o evento.

— Eu tinha uma corrida, mas sua mãe pediu que viesse buscar vocês. Temos que embarcar logo, antes que venha um ônibus ou um guarda me multar.

Não esperei que minha mãe o enviasse e me pergunto o motivo para ela ter feito isso. Mas o fato de estar exausto, ansioso para chegar em casa e morrendo de fome, me impossibilita de questionar. Talita se senta atrás com seus livros, babando no livro novo, e me sento na frente com Joabson, pois me sinto mais à vontade com ele, e o banco da frente é menos torturante para minhas pernas.

— Jo, tem falado muito com a minha mãe? — Pergunto depois que ele sai para o trânsito.

O homem não parece confortável com aquela pergunta, e seu pomo de adão quase salta de sua garganta.

— Ela me mandou mensagem pedindo pra vir buscar vocês.

Ok.

Ele não precisa responder, tem algo acontecendo. E eu não desconfio só por aquele pedido da minha mãe. Outro dia tinha visto o carro dele se afastar da frente de casa e minha mãe entrar esbaforida depois de uma hora que havia fechado a lanchonete.

Tem coelho nesse mato. Caroço nesse angu.

Fico em silêncio por um tempo, mas por fim decido perguntar diretamente.

— Você está pegando minha mãe?

Depois me arrependo, o homem quase bate o carro e a freada faz com que nossos corpos se projetem para a frente. Talita bate com força atrás do meu banco.

— Aiiii.

O susto me causa um choque tremendo, viro o rosto e grito:

— Talita, está sem cinto?! — O tom da minha voz foi ríspido, e meu coração dispara no peito no instante em que lembro do acidente que me colocou naquela cadeira.

— Vou colocar. — Ela avisa e eu fecho os olhos, aspirando o ar com força.

— Porra! Nunca mais ande de carro sem cinto. Você não sabe a merda que isso pode dar? — Bato com força na minha perna.

Joabson nos olha de esguelha.

— Perdão, foi culpa minha.

Abro a palma da mão diante dele.

— Nem precisa responder o que perguntei. — Já sei que está rolando algo e não sei se quero saber de verdade.

Ele se cala, e aos poucos vou regulando minha respiração. Fica mais fácil quando sinto a mão de Talita sobre meu ombro, e a seguro apertado na minha.

Não sei como me sinto quanto ao relacionamento que eu acredito que minha mãe esteja tendo com Joabson, mas de uma coisa eu tenho certeza, a quero tão feliz quanto eu estou com Tatá. Talvez a culpa de minha mãe estar sozinha caísse sobre mim, mas não seria culpado por ela permanecer sozinha para sempre. Ela merece ter alguém.

Todos mereciam. Talvez nem todos precisassem, mas todos mereciam.

— Nick. — A vozinha baixa de Talita me chama e inclino o ouvido do lado da janela.

— Oi?

— Posso perguntar uma coisa?

— Claro.

— Aonde você foi na quinta-feira? Sei que desmarcou com Felipe.

Respiro fundo pensando se devo contar, ela pode pensar que sou um maluco, mas mentir é pior e acabo falando.

— Estava em frente à sua casa, dentro de um Uber, pensando se deveria falar com você, criando coragem pra me desculpar pelo modo como vinha agindo. — Quero falar sobre o medo que eu sinto de perdê-la, mas não falo, ao invés disso, viro o rosto para ver o dela, já que não disse nada. Talita exibe um sorriso e parece surpresa.

— Não acredito que estava em frente à minha casa e não me chamou!

— Decidi ir à uma floricultura, e depois em outro lugar, montar o buquê que deve estar te aguardando na sua casa.

— Outro buquê?

— Sim. — Assento e peço ao Joabson. — Quando chegar a Santo André, pode nos levar até a casa da Tatá?

— Claro. — Ele parece estar com medo de mim, e confesso que acho graça.

Aperto a mão dela e quase posso sentir sua ansiedade.

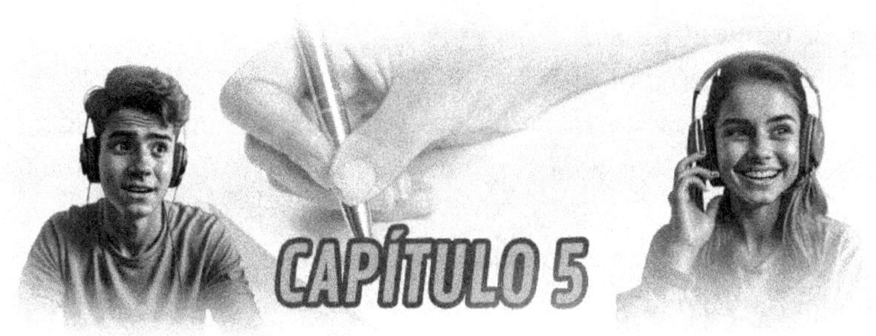

TALITA

Assim que Joabson para o carro em frente à minha casa, ele desce e vai pegar a cadeira no porta-malas enquanto eu ajudo Nick a desembarcar. Ainda sentado, com as pernas na calçada, aponta minha casa com um lindo sorriso no rosto.

— Você está curiosa, corre lá, deve estar no seu quarto. Eu te alcanço.

Nick me conhece melhor do que ninguém. Como sei que Joabson está acostumado com ele e o ajudará se necessário, corro para dentro de casa.

Meus pais estão no sofá conversando com a televisão ligada à toa, e ao me verem, os dois riem.

— Já chegou? — Minha mãe pergunta surpresa.

— Chegou encomenda pra mim? — Pergunto limpando o sapato no tapete, ainda segurando a maçaneta da porta.

Ela aponta o corredor e pela cara dela, sei que vou amar o buquê.

— Está no quarto.

Passo por eles apressada. Sei o que é, mas o que teria de diferente do buquê que me deu em sua casa?

Ao abrir a porta, me deparo com o presente arrumadinho no meio da cama.

Lindo! Perfeito!

Em um arranjo maravilhoso, rodeados por um papel de seda creme e enorme laço dourado, um Buquê de livros de vários autores que amo.

Minha casa não é adaptada para uma cadeira de rodas, Nick não conseguiria vir até meu quarto, então pego meio sem jeito aquele presente que não me permite parar de sorrir, e vou ao encontro dele na sala.

— Lindo, não é? — Minha mãe pergunta assim que me vê. Está sentada com meu pai no sofá e os dois parecem felizes com meu entusiasmo. Ela se vira para Nick, sentado na cadeira de rodas perto da porta, e inclina a cabeça de lado. — Foi de uma sensibilidade incrível, Nick. Parabéns.

— Ela merece. — Ele me olha de um jeito diferente. Parece leve, feliz e admirado.

— Simplesmente nem tenho palavras pra agradecer esse presente. — Falo me aproximando e beijo seus lábios em um selinho ligeiro. — Obrigada.

— Eu te amo.

Nick solta sério, olhando no fundo dos meus olhos, sem qualquer demonstrar qualquer constrangimento por meus pais estarem na sala, e faz meu coração dar diversas cambalhotas.

— Eu também te amo! Muito. — Ergo o buquê e sugiro. — E pode demonstrar o que sente assim mais vezes.

Ele gargalha e assente.

— Deixa comigo.

Nick ainda não dá longos passos, muito menos corre. Mas eu tenho certeza de que se tornou um homem que jamais desistirá de seus objetivos facilmente.

DIAS DEPOIS...
GRUPO DE WHATSAPP: LEITORES DE PLANTÃO

Tata: Bom dia pessoal, tenho uma novidade! Vamos fazer a leitura coletiva do lançamento da autora Érica Atanazzio.

Os e-mojis empolgados são tantos, que espero a galera surtar antes de dar a outra notícia. Mas antes, lanço um suspense.

Tata: Tem outra notícia que vocês vão amar ainda mais.

Letícia: Conta mulher.

Gus: o que é? Diz aí.

Isis: Meu Deus, gostar ainda mais? O que pode ser?

Sorrio lendo as várias e várias mensagens, e Nick também sorri ao meu lado.

— O celular vai travar — comenta brincando. Estamos sentados em sua cama, encostados na cabeceira, e ele olha o celular na minha mão, parece mais ansioso do que os outros estão.

— Vou soltar a notícia. — Sou péssima para segurar e fazer drama.

Tata: A autora vai entrar no grupo.

Primeiro penso que ninguém ligou para a notícia, pois não se manifestaram, e acho estranho, mas quando vou tentar digitar algo, percebo que...

— O celular travou.

E Nick gargalha, arrastando a bunda e se deitando na cama.

Agradecimentos

Esse vai especialmente para aqueles que não desistem e superam seus limites todos os dias.

Também agradeço a todos os leitores, principalmente aqueles que nunca me abandonam e apoiam todos os meus projetos.

Mas agradeço com muita fé, MEU QUERIDO DEUS, que tem operado milagres na minha vida.

Leia também:

CARTAS SOB A MESA
https://www.amazon.com.br/dp/B09VFR67X3

CARTA NA MESA
https://www.amazon.com.br/dp/B0BR99PJNQ

FOI POR UM TROTE
https://www.amazon.com.br/dp/B0B5QKLJSM

Anotações